西汉诗

李建茹 编著

【阅读中华经典】

主　编　傅璇琮
副主编　黄道京　马晓乐

这是李延年赞美他的妹妹长得漂亮的诗，诗写得通俗简洁。诗人大胆地用了夸张的写法。说他妹妹是个美人，而且像她这样的美人，是前也无古人，后也无来者，独树一帜的。由于这首诗夸张得极妙，读者不但不烦，而且觉得很有意思。汉武帝就是听了这首诗后，开始宠爱起李夫人来。后来，"倾城倾国"竟成了一个常被人们使用的成语。《西厢记》中用"倾城倾国"来赞美崔莺莺，而《红楼梦》中，贾宝玉又将黛玉比成"倾城倾国"的相貌。可见李延年的这首诗对后世有多么大的影响。这也正说明了这首诗在艺术上的成功。

泰山出版社

图书在版编目(CIP)数据

两汉诗/傅璇琮主编. —济南:泰山出版社，
2007.4 （阅读中华经典）
ISBN 978－7－80634－578－8

Ⅰ.两... Ⅱ.傅... Ⅲ.古典诗歌—作品集—中国
—两汉时代(前202～220)—青少年读物 Ⅳ.I222.734

中国版本图书馆 CIP 数据核字(2006)第 138626 号

主　　编　傅璇琮
编　　著　李建茹
责任编辑　葛玉莹
装帧设计　胡大伟

阅读中华经典
两汉诗

出　　版　泰山出版社
社　　址　济南市马鞍山路 58 号　邮编　250002
电　　话　总编室（0531）82023466
　　　　　发行部（0531）82025510　82020455
网　　址　www.tscbs.com
电子信箱　tscbs@sohu.com
发　　行　新华书店经销
印　　刷　沂水沂河印刷有限公司
规　　格　150×228mm　16 开
印　　张　14.5
字　　数　100 千字
版　　次　2007 年 4 月第 1 版
印　　次　2015 年 12 月第 3 次印刷
标准书号　ISBN 978-7-80634-578-8
定　　价　19.50 元

序

傅璇琮

　　这套《阅读中华经典》，是打算将我国具有悠久历史而又绚烂多彩的古典文学作品系统地介绍给广大青少年，通过注释、今译和赏析，努力克服语言和文化知识方面的一些困难，让青少年能直接接触古典文学的精华，使他们从少年时代起就对我们伟大祖国的光辉文明有清晰的了解和深切的印象。

　　广大青少年在当前改革、开放的新时期中，思想非常活跃。他们迫切需要了解社会、了解自身，他们希望了解世界的历史和现状，更希望了解中国的历史和现状。中国是一个文明古国，又处在变化发展十分强烈的当今世界中，青少年一定会从现实的千变万化、五光十色中来探索我们民族过去走过的道路，想了解这个有数千年历史的传统文化怎样给现实以投影。我们觉得，在这当中，古典文学会首先引起他们的注意和兴趣。

　　据说，多年前，北京有一所工科学院，它的专业与唐诗宋词没有多大关系，但学校却为学生开设了一门唐诗宋词的选修课，结果产生了原来预想不到的效果。学生们读完了这门课程，激发了爱国心和民族自豪感。他们知道世界上除了托尔斯泰、雨果、海明威之外，在我国历史上早就有了屈原、李白、杜甫、陆游、辛弃疾等许多非常伟大的文学家，早就有了无数优秀文学作品。这就向我们启示：在古典文学界，除了专门论著之外，还应做大量的普及工作。我们应当力求用通俗、生动、准确、优美的文笔，向广大群众、广大青少年介绍我国丰富的文学遗产，介绍我国数千年的历史长河中涌现出来的众多优秀作家、艺术家，介绍我国古代作品中的精品，使他们懂得我们民族的文学中自有它的瑰宝，足可与世界各国的文学相媲美，使他们开阔眼界，增长见识，提高文化素养和审美趣味。这对于培育爱国主义思想，加强对祖国和民族的爱，提高道德情操，丰富精神文化生活，都会起很大的作用。列宁曾说过，只有用人类创造的全部知识财富来丰富自己的头脑，才能成为共产主义者。在一定的条件下，知识是可以转化成觉悟，转化成品格的。有着较高文化素养的人，对于正确与错误，高尚与卑鄙，善与恶，美与丑，更易于作出准确的价值选择。而文化素养中，文学是不可或缺的部分，它往往能在潜移默化、对世界美好事物的多方面领略和摄取中影响人的内心和精神面貌。这是文学的社会功能的特点，也可以说是它自己的规律，这是一种整体性的修养和培育。

这套《阅读中华经典》是我国古典文学启蒙读物，就是从上面所说的宗旨出发，一是介绍知识，二是提供对古典佳作的一种美的选择，美的品尝。如果广大读者特别是青少年能从中得到某些启发，从而有助于自身文化素养和情操的提高，就将是我们最大的满足。

这套读物是采取按时代编排的做法，远起上古神话，下及《诗经》、楚辞、先秦散文、秦汉辞赋、乐府古诗、唐诗宋词、元明清诗文及戏曲小说。这样成系统地类似于教材编写的做法，能否为大家接受？我们认为：第一，这是一次试验，我们想用这种大剂量的做法来试试我们处于新时期中青少年的胃口和消化能力；我们对他们的接受能力和审美水平有充分的信心。第二，我们采取既有系统而又分册出版的办法，在统一编排中照顾到一定的灵活性，读者可以根据自己的爱好，选择自己感兴趣的一部分阅读，不必受时代先后的束缚，兴趣有了提高，可以逐步扩大阅读范围。第三，广大教师和家长们一定能给予正确的指导。目前中小学语文课本中古典作品的分量不多，这套读物正好对此做必要的补充，青少年当可以在语文课之外获得更多的知识，而老师们和家长们的正确引导和指点，无疑会进一步消除阅读中的难点，从而提高阅读的兴趣。如果老师们和家长们能事先浏览，再进而做具体的帮助，则这套读物当更能发挥其系统化的优点。

对作品的注释，考虑到青少年读者的特点，将尽可能浅显，这是克服语言障碍的最基本一环。今译的目的，一是补充注释之不足，使读者对文意能有连贯的了解；二是增加阅读的兴味，使读者对原作的思想和艺术有一个整体的感受。另外，我们还尽可能帮助读者做一些分析，以有助于认识和欣赏作品的思想意义和艺术价值。同时，结合每一时期的文学发展和文体演变，我们还做了一些文学史知识介绍。这些介绍是想对学校教学因课时所限做若干辅助讲解，青少年如能对这些方面的知识有一个大致的掌握，对进一步了解古典文学的历史发展和不同风貌，一定会有较大帮助。

最后应当说明的是，参加这套读物选注工作的，大多是中青年作者。他们在繁忙的本职工作之余，从事于此，有时往往为找到一个词语的正确答案,跑图书馆翻书,找人请教,表现了认真负责的态度和普及文化知识的可贵热情。

另外,这套丛书能与广大青少年读者见面,是和泰山出版社的大力支持分不开的,他们为此付出了辛勤的劳动。在这里谨向他们表示深深的谢意!

前言

汉朝是我国历史上一个强大的封建王朝,是我国对世界经济和文化做出过贡献的时代。

从汉高祖刘邦建国(前206年),到汉献帝刘协退位(220年),共四百多年,历史上称为两汉,也就是西汉和东汉。虽然这个时代最流行的文学体裁是辞赋,但是真正代表汉代文学高峰的却是散文和诗歌,而诗歌中又以乐府民歌的水平最高。

所谓"乐府"是西汉时设立的音乐机构,它的任务除了为文人创作的诗歌制谱配乐,供在一定的场合进行演奏外,还要采集民间诗歌,配上乐曲,使它成为能够演奏和歌唱的乐章。这些乐章在千百年的流传中,大都丢失了乐曲,变成我们今天所见到的民间诗歌的形式。

汉乐府诗多数来自民间,出自社会的下层,描写的是劳动人民的生活和感情。它比起同时代统治阶级中盛行的歌功颂德的"汉赋"来,具有较为生动、深刻的内容。可以说,汉乐府直接继承并发展了《诗经》"饥者歌其食,劳者歌其事"的现实主义传统,对后代诗歌产生了重大影响。

从诗歌的内容上说,因为乐府诗是"感于哀乐,缘事而发",因此,它像镜子一样照出了两汉的政治和社会面貌,同时还深刻地反映了两汉人民的生活和思想感情。具体表现在以下几个方面:

一、对剥削和压迫的反抗。汉代阶级剥削和压迫十分严重,人民生活异常痛苦。在汉乐府民歌中就有不少作品是对人民饥饿、贫困和遭受迫害的血泪控诉。如《妇病行》所反映的就是在残酷的剥削下，父子不能互相保护的悲剧（详细内容，本书有专文介绍。以下例诗同）。《艳歌行》写了由于破产，贫苦的农民不得不背井离乡，流浪在外。

人民的容忍是有限度的，汉乐府民歌中同样也有反映人民对统治阶级尖锐斗争的作品。如《东门行》写的是一个"犯上作乱"的穷老汉。而《陌上桑》则是通过描写一场面对面的斗争，歌颂了一个反抗荒淫无耻的五马太守的采桑女子——秦罗敷的形象。

二、对战争和徭役的揭露。汉代从武帝开始，长期进行对外战争，给人民带来了深重的灾难。有些民歌通过战死者的"现身说法"，揭露战争的悲惨和统治阶级的残忍与昏庸，最有代表性的是《战城南》。还有揭露徭役制度黑暗的，如《十五从军征》。

三、对封建礼教和封建婚姻制度的抗议。汉代自从武帝"罢黜百家，独尊儒术"后，封建礼教的压迫也就随之加重，妇女的命运更加可悲。乐府诗中有不少是弃妇（被遗弃的妇女）、怨女（心中满怀愁怨的女子）的悲愤诉说和强烈抗议。《白头吟》就是一首敢于反抗封建礼教和夫权的作品，诗中女主人对三心二意的男子，毅然表示了"决绝"。当然，除此以外，还有歌颂爱情的诗，如《上邪》。

从诗歌的艺术性说，乐府民歌最大、最基本的艺术特色是它的叙事性。这一特色，是由它的"缘事而发"的内容所决定的。在我国文学史上，汉乐府民歌标志着叙事诗的一个新的更加成熟的发展阶段。它高度的艺术性主要表现在：

一、通过人物的语言和行动表现人物性格。有的采用对话形式,如《东门行》中妻子与丈夫的对话;有的采用独白形式,如《上邪》。

二、语言朴素自然带有感情。汉乐府民歌的语言一般都是口语化的,同时还饱含着感情,饱含着人民的爱憎,即使是叙事诗,也是叙事与抒情相结合,同样具有强烈的感染力。如《江南》。

三、形式自由和多样。汉乐府民歌没有固定的章法、句法,长短随意,整散不拘,由于两汉时代紧接先秦,其中虽然也有少数作品还沿用着《诗经》古老的四言体,但是,绝大多数都是以新的体制出现的。《孔雀东南飞》便是这样一首五言体的力作,它在内容上、形式上都可以称为汉乐府民歌的代表作,标志着汉乐府民歌的最高成就,它在我国诗歌史上,放射着奇异的光彩。

汉代诗歌除了乐府外,还有文人的创作和"古诗"。

汉代文人创作的作品大都平板、呆滞。梁鸿的《五噫歌》、张衡的《四愁诗》是在楚辞的影响下写出来的,感情真挚,文笔流畅,但这样的作品数量很少。倒是这个时期的几个政治家的短诗,如项羽的《垓下歌》、刘邦的《大风歌》及刘彻的《秋风辞》,读来使人感到豪气逼人。到了东汉末期,在汉乐府的影响下,一批有成就的文人诗歌出现了,其代表作是《古诗十九首》。《古诗十九首》专指梁代萧统的《文选》中收入的十九首古诗。这十九首古诗的作者姓名都已失传,诗歌产生的准确年代也不能确定。《古诗十九首》反映的思想内容比较复杂,其中有写热衷于做官的,如《今日良宴会》等;有写游子思妇的,如《去者日以疏》《明月何皎皎》等;有写人生无常,及时行乐的,如《东城高且长》等;

有写朋友间交往的,如《明月皎夜光》。它们表现的思想感情虽然复杂,但有一个共同的特征,就是对人生易逝、流年似水的感伤。这些诗的作者大都是属于中小地主阶级的文人,为了寻求出路,不得不远离家乡,奔走于有权有势人的门下,以求得一官半职。这些人就是诗中所说的"游子"和"荡子"。他们在诗中所流露的游子思妇的感伤,正是他们孤寂苦闷心情的写照。所以,《古诗十九首》反映的思想内容,也就是东汉末年现实生活的一个侧面。

　　《古诗十九首》的艺术成就是很突出的。在我国早期的五言抒情诗中,这样的优秀作品是很少见的。它艺术上的成就首先是长于抒情,融情入景,寓景于情,二者密切结合,做到了天衣无缝;其次是善于通过描绘某种生活情节来抒写作者的内心活动;再有是善于运用比、兴手法,衬映烘托,诗作语短情长,余味无穷。例如《明月皎夜光》中的"南箕北有斗,牵牛不负轭"等;还有是语言浅近自然,含义丰富,耐人寻味。如《行行重行行》中的"相去日已远,衣带日已缓"。

　　《古诗十九首》的高度艺术成就是五言诗已经达到成熟阶段的标志。它在我国古代文学发展过程中,占有相当重要的地位。

　　总而言之,汉诗在我国文学史上占有相当的地位,它是我国古代诗歌继《诗经》、《楚辞》后的第三个重要阶段。无论是诗歌内容还是创作形式,汉诗,尤其是汉乐府都继承了《诗经》、《楚辞》的优秀传统。《诗经》民歌"饥者歌其食,劳者歌其事"的现实主义传统,在汉代乐府民歌中有着更高的发展,而《楚辞》中积极的浪漫主义因素,在汉代乐府民歌中则放射出了更加耀眼的光辉。汉乐府诗"感于哀乐,缘事而发"的现实主义内容和浪漫主

两汉诗

义精神及诗歌的创作形式,不但比《诗经》、《楚辞》更加丰富、完善,而且它还直接哺育了汉末建安的诗人,深刻地影响了唐代诗人。李白拟作的乐府诗大都发挥了乐府古辞的原意,使汉民歌的精神发扬光大,创作出了许多不朽的浪漫主义诗篇;伟大的现实主义诗人杜甫,更是两汉民歌现实主义传统的忠实继承者和发扬者。和两汉民歌一样,他的诗全面、深刻地反映了唐代人民的痛苦生活。在艺术上,后代进步诗人大都注意学习汉民歌的通俗朴素的语言和刚健清新的风格,使不同时代的诗歌,能在一定程度上接近人民。

汉代民歌上承下启,孕育了五言诗,使中国诗歌找到了新的形式。总之,两汉民歌在文学史上的功绩是不朽的。

目录

两汉诗

两汉诗

大风歌^①

刘　邦

大风起兮云飞扬^②。

威加海内兮归故乡^③。

安得猛士兮守四方^④！

两汉诗

两汉诗

刘邦(前 256～前 195),秦朝末年沛县丰邑(今天的江苏丰县)人,秦末农民起义的一个领袖,后来建立了汉朝。死后被称为汉高祖。

① 刘邦用武力镇压了黥布的叛乱,胜利凯旋,路过沛县时,邀请过去的朋友一起饮酒。酒喝得尽兴时,刘邦击筑(古代的一种弦乐器),唱出了这首歌。汉朝人称这篇歌辞为《三侯之章》,后代人题为《大风歌》。

② 兮(xī):语气词。相当于现代汉语中的"啊"、"呀"。

③ 威:威力,威风。海内:四海之内,就是"天下"的意思。我国古代人认为天下是一片大陆,四周被大海环绕。

④ 安:疑问代词,怎么,哪里。安得:怎么得到。猛士:勇猛善战的将士。

狂风大作啊云彩飞扬。

威震天下啊胜利回乡。

去哪里召来猛士啊固守四方。

这首诗是刘邦在庆功的酒宴上即兴作的诗。作品表现了刘邦对当时局面已经稳定,但整个国家还需要巩固,尤其还面临着

外族入侵威胁的忧虑心情。

诗很短，只有三句。第一句脱口便是"大风起兮云飞扬"，给人一种铺天盖地而来的气势。第二句"威加海内兮归故乡"，说自己的威力能平定整个国家。第三句"安得猛士兮守四方"，说他夺取了天下后，还需要勇士们守边御敌，巩固胜利。这短短的三句诗，一句一顿，很有力量，也很有气魄。千百年来，这首诗就以它的雄豪质朴而流传于世。

垓下歌①

项 籍

力拔山兮气盖世②。
时不利兮骓不逝③。
骓不逝兮可奈何④。
虞兮虞兮奈若何⑤！

 讲一讲

项籍(前232～前202),字羽,秦朝末年下相(今天的江苏宿迁县西)人,是战国时楚国贵族的后裔,秦末农民起义的一个领袖。秦朝灭亡后,他自立为西楚霸王,所以历史上又称他为楚霸王。公元前202年在垓下,项籍与刘邦打仗,失败后自刎而死。

① 垓(gāi)下:古地名,在今天的安徽省,是项羽被围困的地方。

② 拔山:形容力大能把山拔起来。兮:参见《大风歌》讲一讲②。气:气概。盖世:笼盖世间。

③ 时:时局,局势。骓(zhuī):青白杂色的马,是项羽常骑乘的一匹骏马。逝:跑得快。这句是说,虽然骑着乌骓骏马,也难突破汉军的重重包围。

④ 奈何:怎么办。

⑤ 虞(yú):指虞姬,是项籍的爱妾(qiè),妾是古代男人娶的正妻以外的女子。若:你。这句是说:虞姬,虞姬,你将怎么办啊?

 译过来

力大能拔山啊浩气能盖一世。

时局不利我啊宝马不再驰。

宝马不再驰啊叫我怎么办!

虞姬呀虞姬呀把你怎安置?

两汉诗

项羽是历史上著名的英雄，是秦末农民起义军的领袖之一。秦朝灭亡以后，他曾自立为西楚霸王。公元前202年12月，项羽在垓下驻扎部队，兵少食尽，又被刘邦的军队重重包围。项羽听到四面刘邦的汉军都唱起楚歌，就以为楚地已经被刘邦的军队占领了，感到大势已去，便在帐中饮酒解忧，慷慨悲歌，写下了这首诗。

这首诗慷慨悲凉，气势不凡。起首一句："力拔山兮气盖世"就显出了英雄本色，充满了往日不可一世的气魄。紧接着，就是英雄被困，无可奈何的长叹，眼下的时局不利，没有可以使自己摆脱困境的任何指望。最后，这位曾驰骋疆场、叱咤风云的英雄，只能喊着虞姬的名字，唱出悲凉的歌曲，在无可奈何中自杀身亡。

这首诗是作者用生命写成的，虽然短，却很感人。它是作者在那个时刻、那个环境下的心里活动的真实记录，是作者"英雄末路"感情的流露。据《史记》记载，项羽把这首歌唱了几遍，流着眼泪，说不出话来，跟在左右的部将也都抽咽啜泣。虽然大家都有全军覆没的绝望，但可以说，项羽的诗为这种绝望的气氛平添了许多悲凉。

春 歌①

戚夫人

子为王，母为虏②，

终日舂薄暮，常与死为伍③！

相离三千里，当谁使告汝④！

两汉诗

两汉诗

讲一讲

戚夫人：又名戚姬，秦朝末年汉朝初年的定陶（今天的山东省定陶县）人。她是汉高祖刘邦的妾，是赵隐王如意的母亲。后来，他们母子二人都被吕后害死。

① 舂（chōng）：把东西放在石臼或乳钵里捣去皮壳或捣碎。

② 子为王：戚夫人的儿子如意是赵隐王。为：是。虏（lǔ）：俘虏。

③ 终日：一天到晚，整日。薄：迫近，接近。暮（mù）：傍晚。为伍：做伙伴。

④ 相离：彼此距离。三千里：形容距离很远，并不一定就是整整三千里。使：让，派。汝（rǔ）：你。

译过来

儿子封了王，母亲却做奴。
从早忙到晚，做活又舂谷。
生命没保障，常和死神处。
母子相距远，派谁告诉你？

帮你读

《舂歌》又叫《终日舂薄暮》，是汉代的戚夫人所作。作为刘邦的妾，戚夫人虽然不是刘邦的正夫人，但她深受刘邦的宠爱，也正因此，她遭到很多的嫉妒。刘邦的正夫人吕后，是个心狠手辣的女人。她的儿子孝惠太子为人仁慈却很软弱，刘邦觉得他不像自己那样，能叱咤风云、掌管天下，就不想让孝惠太子继承王位，而立赵隐王如意为太子。如意是戚夫人生的，这一下可惹怒了吕后，公元前195年，高祖刘邦死后，孝惠太子继承了皇位，由吕后掌权。从此，她开始了对戚夫人的残酷报复。首先，她把戚夫人囚禁起来，接着，又强迫戚夫人没白天没黑夜地舂米干活，戚夫人非常恼怒，但儿子赵隐王如意不在身边，自己也无力反抗，只得忍辱含羞。她一边舂谷一边唱着这首悲伤的歌，希望儿子能来救她。吕后听了歌以后大怒，斥责戚夫人说："你还想依靠你儿子吗？"后来，吕后就设计杀害了赵隐王如意，又把戚夫人的手脚都砍掉，并挖眼熏耳，使戚夫人眼瞎耳聋，还把她放在破旧的瓮中，称她做"人彘"。（彘 zhì，意思是猪。）

戚夫人的这首《舂歌》，就是在极度悲伤的情绪中，边干活边唱的，"常与死为伍"一句唱出了戚夫人痛不欲生的心声。我们可以通过这首诗，看到封建社会统治阶级之间的残酷。

秋 风 辞

刘 彻

秋风起兮白云飞，草木黄落兮雁南归①。
兰有秀兮菊有芳，怀佳人兮不能忘。②
泛楼船兮济汾河，横中流兮扬素波。③
箫鼓鸣兮发棹歌，欢乐极兮哀情多。④
少壮几时兮奈老何⑤！

刘彻(前156~前87),就是汉武帝,是汉景帝的儿子。他是我国古代最有作为的封建皇帝之一,为巩固和发展汉朝的统一和社会经济采取了许多措施,做出了很大贡献。

① 兮(xī):语气词,相当于现代汉语中的"啊"、"呀"等。黄落:说的是叶子枯黄后落下。雁:是一种候鸟。春季,它飞到北方来繁殖,并在北方度过夏季。秋季,北方变冷,它又飞回南方比较暖和的地方,并在那里过冬。雁南归,表示时令已到秋季。

② 兰、菊:指的是兰花和菊花,这里是用来比喻佳人的。秀:指开花。芳:指香气。佳人:古代称美人为佳人。

③ 泛:船在水上漂浮。楼船:古代一种建有楼屋的大船。济:过河。汾河:发源于山西宁武县管涔山,向西南方流,纵贯山西全省,到万荣县西北流入黄河。横中流:船在水中横渡。素波:洁白的水波。

④ 箫(xiāo):古代的一种管乐器,用许多竹管排在一起做成。棹(zhào):就是船桨。棹歌:就是划船时所唱的歌。极:就是极限、顶点、尽头的意思。这句就是我们平时说的"乐极生悲"。

⑤ 少壮:年轻力壮。奈老何:就是"奈何老",意思是老了怎么办。

秋风吹起白云飘飞,

草黄叶落大雁南归。

兰菊芬芳佳人美丽，

想念佳人不能忘记。

楼船漂浮横渡汾河，

船在河中击水扬波。

吹箫击鼓高唱船歌，

欢乐极尽哀情增多。

青春不长老了怎过？

　　《秋风辞》是汉武帝刘彻在公元前 113 年巡游河东汾阳（今天的山西万荣县荣河城北汾水南岸），祭祀后土（土神）时在船上所作的一首诗。这首诗感叹人生易老，有消极的一面，但在艺术上有可借鉴的长处。

　　这首诗在结构上有它独到的特点，按照秋风、花草、美人、流水、年华的顺序，描写大自然的景色并通过这种描写，抒发自己的情怀，为了达到最后抒怀的目的，作者所选择的景色，都是最易使人产生联想，并最能打动人的。

　　和春、夏、冬比，秋是最让人感伤、悲愁的季节。"秋风起兮白云飞"，风起云飞，这是秋天最典型的风光。萧瑟的秋风，引起人们的思绪，人们不禁怀念起花红草绿的春天和夏天。可眼下，"草木黄落兮雁南归"，完全是一种凋零的样子，是"冷色"的。面对这景色，作者不甘心就此沉闷下去，他又想起兰草菊花，想起了美人。然而，不管是兰菊的芬芳，还是佳人的美丽，都是作者

为了驱赶秋愁而在心中所产生的幻想。眼前的实际，却是"泛楼船兮济汾河，横中流兮扬素波"，一个"素"字，又把作者的思绪从轻快拉回到了沉重。从那低沉的船歌中，作者好像听到了人生悲哀的旋律，于是，在对秋风、花草、美人、流水的吟咏之后，作者发出了"少壮几时兮奈老何"的感叹。他不愿老，不想老，可是在大自然的规律面前他又不能不服老，他禁不住怀恋起青春的岁月。但岁月无情，人生易逝，也只有无可奈何了。

可以说，这首诗的写景层层深入，主题步步展开，写景与抒情紧密结合，在情景交融中抒发了作者的感慨。

北方有佳人

李延年

北方有佳人，绝世而独立^①，
一顾倾人城，再顾倾人国^②。
宁不知倾城与倾国，佳人难再得^③。

李延年（生卒年不详），西汉时的中山（今天的河北省定县）人。他善于歌舞，对我国古代音乐的发展做出过一定的贡献。

① 佳人：美人。绝世：就是在当时独一无二的意思。独立：意思是超群。

② 顾：回头看。倾人城：指全城的人都出来看。倾人国：指全国的人都出来看。

③ 宁不知：难道不知。

北方有位美人她真漂亮，

独一无二没有谁能赶上。

先是满城的人争相观看，

后是全国的人啧啧称赞。

岂不知这倾城倾国的貌，

现在只一个以后更难见。

这是李延年赞美他的妹妹长得漂亮的诗，诗写得通俗简洁。诗人大胆地用了夸张的写法，说他妹妹是个美人，而且像她这样的美人，是前也无古人，后也无来者，独树一帜的。由于这首诗夸张得极妙，读者不但不烦，而且觉得很有意思。汉武帝就是听

15

了这首诗后，开始宠爱起李夫人来。后来"倾城倾国"竟成了一个常被人们使用的成语。《西厢记》中，用"倾城倾国"来赞美崔莺莺，而《红楼梦》中，贾宝玉又将黛玉比成"倾城倾国"的相貌。可见李延年的这首诗对后世有多么大的影响，这也正说明了这首诗在艺术上的成功。

悲愁歌

刘细君

吾家嫁我兮天一方①，
远托异国兮乌孙王②。
穹庐为室兮毡为墙③，
以肉为食兮酪为浆④。
居常土思兮心内伤⑤，
愿为黄鹄兮归故乡⑥。

两汉诗

刘细君:西汉江都王刘建的女儿。汉武帝把她嫁给了西域乌孙国(在今天的新疆西部伊犁河流域和前苏联伊塞克湖一带)国王。

① 吾(wú):我。天一方:天边。

② 托:托付。异国:外国,这里指西域。

③ 穹庐(qióng lú):毡帐,就是今天所说的蒙古包。

④ 酪(lào):用牛、羊、马的奶制成的饮料。浆(jiāng):较浓的液体。

⑤ 居常:平时,日常。土思:怀念乡土。

⑥ 鹄(hú):就是天鹅,很善于飞翔。

父母把我远嫁到天边一方,
将我托付给西域乌孙国王。
住在蒙古包里毛毡围成墙,
把肉当做饭奶酪饮做酒浆。
在此常常思念故乡心悲伤,
愿做黄鹄高飞早日回家乡。

这首诗是西汉江都王刘建的女儿刘细君写的。

汉武帝时,刘细君嫁给西域乌孙国王昆莫。昆莫当时已经很老了,加上他们彼此间语言不通,生活习惯不一样,细君公主又没有亲人和朋友,她感到很悲愁,就写下了这首《悲愁歌》,表现了她自己的悲苦遭遇和思乡之情。

《悲愁歌》写得很简洁,一个句号讲明一件事情。首句写自己远嫁到异国,二句写异国的风俗,末句是全诗的高潮,也是细君远嫁以来最大的愿望——愿意变做一只黄鹄飞回自己的家乡。细君并没有直接写异国生活的艰辛,也没有更多地写自己内心的痛苦,但只一句"愿为黄鹄兮归故乡",就把她不愿再忍受这种生活,只盼早早离开这里,回到亲人怀抱以摆脱痛苦的迫切心情,表达得淋漓尽致。

两汉诗

五噫歌

梁　鸿

陟彼北芒兮，噫^①！

顾瞻帝京兮^②，噫！

宫阙崔巍兮^③，噫！

民之劬劳兮^④，噫！

辽辽未央兮^⑤，噫！

 讲一讲

　　梁鸿,字伯鸾,扶负平陵(今天陕西省咸阳市西北)人。他出身贫困,勤奋好学,是东汉时的诗人。

　　① 陟(zhì):登高。彼:那,那个。北芒:山名,在今天河南省洛阳城北面,又叫芒山或北山。噫(yī):古代汉语中的叹词,表示悲痛或叹息。

　　② 顾:转过头来看。瞻:向前或向上看。帝京:皇帝所在的都城,这里指洛阳。

　　③ 宫阙(què):帝王一家居住的宫殿。崔巍(cuī wēi):高大雄伟。

　　④ 劬(qú):劳苦。

　　⑤ 辽辽:漫长、悠远的样子。未央:未尽,没完没了。

 译过来

　　　　登上高高的北芒山,啊!

　　　　回头把皇都城遥看,啊!

　　　　高大的宫殿多雄伟,啊!

　　　　都靠百姓的劳作苦,啊!

　　　　人民苦难无尽无边,啊!

 帮你读

　　这是一篇抨击帝王大兴土木、劳民伤财的诗。诗人登高远

望,看到了京都宫殿的富丽堂皇,想到了在这豪华景象的背后,人民的鲜血流成河,劳工的尸骨堆成了山。诗人的心中感到愤愤不平,于是就挥笔写下了这首诗。诗虽然很短,但字里行间却充满了对封建帝王穷奢极欲、危害百姓行为的谴责,对人民苦难的深切同情。诗人的爱憎好恶在这里分明可见。

全诗共五句,却用了五个感叹字"噫"来加强语气和感情。虽然感叹字本身没有什么意义,但诗人的爱憎之情,不平之意,都包含在其中了。应该说,这五个"噫",说出了作者没有说出的话,表达了作者难以表达的情。读者可从这深深的感叹中,领略到诗人深沉的思想感情,感受到他的一颗忧国忧民的心。

安封侯诗

崔骃

戎马鸣兮金鼓震①，

壮士激兮忘身命②。

被兕甲兮跨良马③，

挥长戟兮彀强弩④。

崔骃（yīn），字亭伯，生年不详，死于永元四年（92 年）。涿郡安平（在今天的河北省境内）人。

① 戎马：就是战马。金鼓：金指铜锣。古时两军打仗，以击鼓鸣锣作为进退的信号。

② 忘身命：忘掉自己的身家性命。

③ 被：就是"披"。兕（sì）：雄性的犀牛。甲：就是用犀牛皮制成的铠甲。打仗时穿在身上起护身的作用。

④ 戟（jǐ）：古代的一种兵器。彀（gòu）：把弓拉满就是彀。弩（nǔ）：就是弩弓，一种利用机械力量发射箭的弓。

两汉诗

战马嘶鸣啊锣鼓声声震天响，
勇士激愤啊舍身忘死斗志昂。
身披着犀甲啊胯下骑着骏马，
挥舞长戟啊拉满手中的强弓。

　　这是一首非常短小精悍的诗，全诗只有四句，但却描写了一个壮观激烈的战斗场面。

　　诗一开头，就进入了激战，没有序幕，也没有前奏，上来便是奔驰嘶叫的战马，和催人冲锋的锣鼓，战斗的紧张气氛一下子就给烘托出来了，一下就进入了高潮。接下去是对英勇将士的歌咏，"壮士激兮"，说的是将士们的情绪，"忘身命"说的是将士们的勇敢精神，加起来一起说，就成了一个个猛士们的奋勇杀敌勇往直前的真实写照。最后两句，是几个具体描写，披甲、策马、挥戟、拉弓，更细致地再现了英雄们的英姿。从"戎马鸣"，到"彀强弩"，是一个从头到尾的高潮，诗人用这种起于高潮止于高潮的写法，描绘出战争的场面。在四句诗中只写了战马、金鼓、壮士、甲和戟弩这些与战争有关的人和物，让读者觉得非常紧凑和紧张，冲杀之声不绝于耳，骁勇之举随处可见。应该说，这是一首很好的描写战斗场面的诗。

四 愁 诗

张 衡

我所思兮在太山①，
欲往从之梁父艰②。
侧身东望涕沾翰③。
美人赠我金错刀④，
何以报之英琼瑶⑤。
路远莫致倚逍遥⑥，
何为怀忧心烦劳⑦？

我所思兮在桂林⑧，
欲往从之湘水深⑨。
侧身南望涕沾襟。
美人赠我琴琅玕⑩，
何以报之双玉盘。
路远莫致倚惆怅⑪，
何为怀忧心烦怏⑫？

我所思兮在汉阳⑬，
欲往从之陇阪长⑭。

侧身西望涕沾裳。

美人赠我貂襜褕⑮，

何以报之明月珠⑯。

路远莫致倚踟蹰⑰，

何为怀忧心烦纡⑱？

我所思兮在雁门⑲，

欲往从之雪雰雰⑳，

侧身北望涕沾巾㉑。

美人赠我锦绣段㉒，

何以报之青玉案㉓。

路远莫致倚增叹㉔，

何为怀忧心烦惋㉕？

张衡(76～139)，字平子，南阳西鄂(今河南省南阳县北)人。他是东汉时著名的文学家和科学家，发明过浑天仪和候风地动仪。

① 所思：所思念的人。太山：即泰山，在山东泰安市。

② 欲往：想前去。从之：指追随所思念的人。梁父：泰山下的一座小山。艰：险阻。

③ 涕：眼泪。沾：浸湿，浸润。翰(hàn)：衣襟。

④ 美人：诗人在这里是用美人来比喻君子，而不是平时所指的漂亮女子。金错刀：指刀环或刀柄用黄金镀过的佩刀。

⑤ 何以报之：就是"以何报之"。何：疑问代词，什么。之：代词，这里指美人。何以报之，就是"用什么来报答她呢?"英："瑛"的借字。瑛，是一种玉石。琼瑶（qióng yáo）：都是美玉。

⑥ 莫：不能。致：达到。倚：就是"猗（yī）"，感叹词，相当于"啊"、"呀"。逍遥（xiāo yáo）：本意是优游自在，这里形容路途遥远。

⑦ 何为：就是"为何"，为什么。烦劳：烦恼。

⑧ 桂林：古代的郡名，在今广西桂平县一带。

⑨ 湘水：在今湖南省，发源于广西安县，向北流经湖南，由洞庭湖流入长江。

⑩ 琴琅玕（láng gān）：琅：是一种像玉一样的美石。琴琅玕，是用琅玕装饰的琴。

⑪ 惆怅：（chóu chàng）：伤感、失意的样子。

⑫ 怏（yàng）：不满意。

⑬ 汉阳：地名，在今甘肃甘谷县一带。

⑭ 阪（bǎn）：山坡。甘肃天水有大坡地，叫"陇阪"。

⑮ 貂（diāo）：一种哺乳动物，皮毛很珍贵。襜褕（chán yú）：短便服。

⑯ 明月珠：一种罕见的宝珠。

⑰ 峙踟：就是踟蹰（chí chú）：形容徘徊不前的样子。

⑱ 纡（yū）：屈曲，绕弯。

⑲ 雁门：古代的郡名，在今山西省化县。

⑳ 雾雾（fēn）：形容雪飞漫天的样子。

㉑ 巾：古代擦抹用的布，相当于今天用的手巾、手帕。

㉒ 锦：有彩色花纹的丝织品。绣：刺绣品。段：就是"缎"，一种

平滑有光彩的丝织品。

㉓ 青玉案：案就是有脚的托盘，用来放食物，很像小茶几。

青玉案：用玉石装饰的案。

㉔ 增叹：增加感叹。

㉕ 惋：惋惜、叹惜。

我所思念的人，

远在东方的泰山。

我想追随而去，

路上梁父山艰险。

侧身向东望啊，

泪水浸湿我衣衫。

我思念的美人，

赠我镀金的宝刀。

用什么来报答？

送给玉石瑛、琼、瑶。

路远不能送到，

心中怎能不烦恼？

我所思念的人，

远在南方的桂林。

我想追随而去，

路上湘水急又深。

侧身向南望啊，
泪水浸湿我衣襟。
我思念的美人，
赠我琅玕装饰琴。
用什么来报答？
送给成双的玉盘。
路远不能送到，
心中怎能不伤感？

我所思念的人，
远在西方的汉阳。
我想追随而去，
路上陇阪山坡长。
侧身向西望啊，
泪水浸湿我衣裳。
我思念的美人，
赠我貂皮短衣装。
用什么来报答？
送给明月珠闪亮。
路远不能送到，
心中怎能不悲凉？

我所思念的人，
远在北方的雁门。
我想追随而去，

两汉诗

路上大雪落纷纷。

侧身向北望啊，

泪水浸湿我手巾。

我思念的美人，

赠我成匹美绣锦。

用什么来报答？

送给青玉案崭新。

路远不能送到，

心中怎能就甘心？

帮你读

　　张衡的《四愁诗》和他创造的浑天仪、地动仪一样，流传后世，为人称颂。

　　后人在分析《四愁诗》时认为，张衡是依照屈原"以美人为君子，以珍宝为仁义，以水深雪雾为小人，思以道术为报，贻于时君，而惧谗邪不得以通"立意而创作的。这段话说的是张衡思君报国，愿为国家效忠，但是有很多的小人、伪君子在前面挡路，使他没有办法接近国君，献计献策，实现自己的主张。张衡空怀一腔报国之志，却无力施展才华。为此，张衡万分苦恼。于是，他假借各种名义，迂回曲折地表达了自己的心愿：借抒写怀念美人的种种悲思，来抒发自己的伤时忧世的感情。

　　全诗分四章，每章七句，每句七言。这在形式上是一个独特的特点，因为这样较为整齐的七言诗，在当时的作品里是非常少见的。全诗的四章中，各章结构相同，字数相等，同时，每一章都

调换音韵,各自形成一个完整的段落层次。诗中还采用民歌重章叠咏的手法,用反复咏叹的方式来加强感情的抒发。

诗的主题突出,感情真挚,抒情的意味很浓,读来让人很受感动。

应该说,《四愁诗》在形式和内容上,都达到了相当高的水平。

两汉诗

与刘伯宗绝交诗

朱　穆

北山有鸥，不洁其翼①。

飞不正向，寝不定息②。

饥则木览，饱则泥伏③。

饕餮贪污，臭腐是食④。

填肠满臆，嗜欲无极⑤。

长鸣呼凤，谓凤无德⑥。

凤之所趋，与子异域⑦。

永从此诀，各自努力⑧。

 **讲一讲**

朱穆（100～163），字公叔，南阳宛（今河南省南阳市）人。

① 鸱（chī）：一种凶猛的鸟，俗名叫鹞（yào）鹰。洁：在这里当动词用，意思是"使……洁净"。其：代词，解释为"它的"，指鸱。翼（yì）：翅膀。

② 正：准确。向：方向。寝（qǐn）：睡觉。定：安定、稳定。息：处所，地方。

③ 饥：饿。则：连词，"那么，就"。览：与"揽"相通，是聚敛撮取的意思。木览：登着树木捉取幼鸟。泥伏：伏于泥上休息。

④ 饕餮（tāo tiè）：原是传说中的恶兽，通常用来作为贪食者的代称。饕是贪财，餮是贪食。臭腐：指腐臭的肉。食：食物。

⑤ 嗉（sù）：又写做"嗦"，在鸟类食道的下部，用来储存食物的地方。嗜（shì）：特殊的爱好。极：极点，尽头。

⑥ 鸣：鸱的叫声。呼：呼唤。凤：凤凰鸟，古代传说中的鸟王。谓：说。德：道德、品行。

⑦ 趋：趋向，奔赴。子：你，指鸱。异域：不同的地方。

⑧ 诀：决裂。

 **译过来**

北山有鸟叫鹞鹰，

不净翅膀脏羽毛。

飞行起来没正道，

没有准地遍歇脚。

两汉诗

饿了登树捉幼鸟，

饱了卧泥就睡觉。

贪吃贪财不满足，

腐肉臭肉足吃饱。

填满肠子塞满嗉，

穷奢极欲无约束。

长声鸣叫把凤呼，

胡说凤凰品行无。

凤凰奋飞向远处，

与鸱各走两条路。

从此决裂不相交，

各自努力各奔赴。

 帮你读

　　正如题目所写的，这是一首绝交诗。

　　诗作者朱穆与刘伯宗原来是老朋友，朱穆当官时，曾是刘伯宗的恩人。后来刘伯宗升官至二千石（石：容量单位，十斗为一石。古代官位的高低，以石数的多少为标准，石数越高，意味着薪水就越高，官位也就越高），很是富贵，而朱穆的官职仍旧低微。刘伯宗自以为高官厚禄，在恩人朱穆面前表现得十分骄慢，很是无礼，朱穆非常气愤，从此便与刘伯宗绝交了。

　　这首诗用了两个比喻，一个将刘伯宗比作鸱。鸱是一种恶鸟，它行动无常，叫人无法琢磨，既欺侮弱小——"饥则木览"，又饱食终日——"饱则泥伏"，而且贪得无厌——"饕餮贪污"，野蛮

凶狠——"臭腐是食";另一个是将作者本人比喻成鸟中之王的凤凰。凤凰的品行，以及凤凰所走的路，与鸱截然不同，既然走不到一起，那么就只好绝交了。

诗人比喻非常生动、恰当。他选了两种本质不同，行为各异的鸟，进行对比描写，显示出其中的好坏美丑。对鸱丑恶行为的揭露，正是诗人自己对刘伯宗丑恶行为的揭露和憎恨。由于两个比喻里融进了诗人的爱憎，读者便也在读诗的同时，调动了自己的感情，跟着作者一道去爱去恨了。

另外，这首诗写得很直率，符合绝交的口吻，读者能从中感受到诗人的愤怒心情。

两汉诗

两汉诗

赠妇诗

秦 嘉

人生譬朝露,居世多屯蹇①。

忧艰常早至,欢会常苦晚②。

念当奉时役,去尔日遥远③。

遣车迎子还,空往复空返④。

省书情凄怆,临食不能饭⑤。

独坐空房中,谁与相劝勉⑥?

长夜不能眠,伏枕独辗转⑦。

忧来如寻环,匪席不可卷⑧。

秦嘉(生卒年不详):字士会,陇西(今甘肃省临洮县一带)人。

① 譬(pì):譬如,好像。朝露:早晨的露水。居世:生活在世上。屯蹇(jiǎn):不顺利、艰难。

② 至:来到。会:聚会。苦:被……所苦恼。

③ 念当:想起当时。奉:奉命。时役:指作者因公事进京奔波。去:离开。尔:就是"你",指作者的妻子。日:一天一天地。

④ 遣:派。子:你。复:又。

⑤ 省（xǐng）书：看了妻子告病的书信。省：察看。凄怆（chuàng）：凄惨悲伤。临食：到了吃饭的时候。饭：这里作动词，是吃饭的意思。

⑥ 谁与：就是"与谁"的意思。勉：勉励。

⑦ 辗（zhǎn）转：翻来覆去。

⑧ 忧来：忧思到来。寻环：就是"循环"，周而复始，不能停止的意思。匪：非、不是。

译过来

人生有如清晨露珠，
活在世上常遇险阻。
忧患苦辛早早来到，
欢欣晚来更觉痛苦。
想起当时奉命服役，
离你而去遥遥无期。
几次派车迎接你回，
空去空回接不到你。
读罢来信心中悲伤，
面对饭菜难以下咽。
一人独坐空房之中，
谁来对坐相互劝勉？
长夜漫漫睡不能眠，
倒在枕上反侧辗转。
愁思不断去了又来，
心不是席情不能卷。

两汉诗

两汉诗

秦嘉的《赠妇诗》一共有三首。这里选的是第一首。这是秦嘉进京城做事前写给妻子徐淑的。徐淑当时身体不好,正在娘家养病,不能与秦嘉告别,秦嘉派人去接她,也没有接来,他心里感到十分难过,就写了这首《赠妇诗》给妻子。

这是一首抒情诗,通篇读来,诗虽娓娓而谈,情却重似千钧。整首诗没有什么过激的言辞,有的只是"遣车迎子还,空往复空返,省书情凄怆,临食不能饭。独坐空房中,谁与相劝勉?长夜不能眠,伏枕独辗转"的表述。可是当你认真地读了这首诗以后,一个忧愁、孤寂的形象,就会出现在字里行间,你会被诗人秦嘉深厚的情意所打动。秦嘉派车去接妻子,却"空往复空返",空返并不轻松,因为载着希望去,却载着失望回,希望给人盼头,失望却给人打击;看了妻子告病的信后,秦嘉"临食不能饭",人只有在非常悲伤、忧心忡忡的时候,才吃不下饭。如果把"长夜不能眠,伏枕独辗转"一句提到上边来,我们便要用"废寝忘食"来概括作者当时思念妻子的沉重而又焦虑的心情了。

鲁迅先生曾有句名言,叫"于无声处听惊雷",这首《赠妇诗》虽然不能称为惊雷,但那种于平淡中见激情,于随意中见深沉的写法,就有"于无声处听惊雷"的效果。经过细细品味,才能使人领略其中的真谛,这比开门见山、推窗望水更有诗情。

疾 邪 诗

赵 壹

河清不可俟，人命不可延①。

顺风激靡草，富贵者称贤②。

文籍虽满腹，不如一囊钱③。

伊优北堂上，肮脏倚门边④。

赵壹，字元叔，汉阳西县（今甘肃天水市西南）人，他为人耿直，很有才华，是东汉时著名的文学家。

① 河：黄河。秦汉以前，河专指黄河。俟（sì）：等待。延：延长。

② 激：猛吹。靡（mí）：顺风倒下。者：代词，表示"……的人"。称：自称。贤：有道德有才能的人。

③ 文籍：文章典籍，这里指学问。囊（náng）：口袋。

④ 伊优：逢迎谄媚的样子。北堂：正北厅堂，是尊贵的人所居住的房间。肮（āng）脏：不干净。这里是说贤人而往往贫穷落魄。

两汉诗

等待不到黄河澄清，
不能指望寿命延长。
狂风猛吹小草倒下，
富贵之人自称贤良。
知识学问虽然满腹，
却是不如钱多满囊。
小人升官端坐正堂，
贤人穷贱立在门旁。

　　这是一首很短的讽刺诗，从一个侧面揭露了东汉末年社会的黑暗和不公平：有钱有势的人凭着衣冠楚楚，就自称是有道德有才能；无权无势的人，虽然有高深的学问在，却得不到重用；卑躬屈膝的小人，靠钻营能窃据要职，而刚直不阿的人，却只有寄人篱下。读者可以从诗中体会到当时社会黑白颠倒，好人被压制，坏人受重用的种种黑暗现象。作者正是通过对这种现象的揭露，来批判当时统治阶级的腐朽。

　　诗的前四句，作者用了两个非常贴切又寓意深刻的比喻，一是"河清不可俟"，二是"顺风激靡草"。前者说的是，要想等到黄河水变清，那是不可能的。大家都知道，黄河水永远不可能清澈，而作者用这来比喻那个社会，用意在于说明要等待这个社会变得公正、干净，是绝不可能的。后者说的是：小草在疾风面前顺着风向倒。诗人是用"小草随风倒"来说明社会上的一些人趋炎附势，谁的权力大，就跪倒在谁脚下，为虎作伥的丑恶嘴脸。

诗的后四句，作者在两两相对的句中，用极端对比的方式，更加深刻地揭示了主题。"文章虽满腹，不如一囊钱。伊优北堂上，肮脏倚门边。""满腹"对"一囊"，"北堂"对"门边"，这种天壤之别，更加强了诗的讽刺力量。

杂 诗

孔 融

远送新行客，岁暮乃来归①。

入门望爱子，妻妾向人悲②。

闻子不可见，日已潜光辉③。

"孤坟在西北，常念君来迟④"。

褰裳上墟丘，但见蒿与薇⑤。

白骨归黄泉，肌体乘尘飞⑥。

生时不识父，死后知我谁⑦。

孤魂游穷暮，飘飖安所依⑧。

人生图嗣息，尔死我念追⑨。

俛仰内伤心，不觉泪沾衣⑩。

人生自有命，但恨生日希⑪。

孔融（153～208），字文举，东汉鲁国（今天的山东曲阜市）人，是孔子第二十世孙。

① 岁暮：年底。暮：晚，末。乃：才。

② 爱子：自己所爱的儿子。向：对着。悲：悲伤哭泣。

③ 闻：听说。子：指儿子。日已潜光辉：太阳落了，阳光没

了，比喻自己的儿子死去了。

④ 君：是妻妾对丈夫的尊称，这里指作者自己。来迟：回来晚了。

⑤ 褰（qiān）：撩起。裳：下衣。墟丘：坟墓所在的山丘。但见：只见。蒿（hāo）：蓬蒿。薇：巢菜。蒿、薇都是野生植物。

⑥ "白骨"一句：是说儿子的尸骨埋在地下，时间一长，尸体变成尘土了。黄泉：指人死后埋葬的地方。

⑦ "生时"一句：是说孩子太小了，活着时还不认识父亲，死了更不知道我是谁了。

⑧ 穷暮：漫长的夜晚，这里指地下，地下永远是黑暗的，所以说是长夜。飘飖（yáo）：在空中随风摆动。安所依：在哪里安身。

⑨ 图：希望。嗣（sì）：接续，继承。嗣息：养儿接代。尔：你，指作者的儿子。念追：思念追随着你。

⑩ 俛（fǔ）：就是"俯"，向下。俛仰：就是一举一动。

⑪ 恨：遗憾。生日：活着的时间。希：稀疏，就是时间短。

　　　　　远送新行客上路，

　　　　　回到家中已年底。

　　　　　进屋要看我的儿，

　　　　　只见妻妾在悲泣。

　　　　　听说再不能见儿，

　　　　　太阳无光天迷离。

　　　　　妻说"孤坟在西北，

念你回来已迟误。"

撩衣上山看儿墓，

野草飒飒随风舞。

黄泉下面埋白骨，

肉体化尘飞四处。

儿子活时不识人，

死后可知我是父？

孤魂游荡在阴间，

飘摇能把谁依附？

传宗接代人所望，

父亲悼儿太凄苦。

不论怎样都伤心，

不觉泪水湿衣服。

人生寿命有长短，

只恨我儿早离去。

帮你读

　　这是一首感情非常真挚的悼念儿子的诗。作者远行归来，一进门，就听到爱子早已死去的噩耗，这对他来讲犹如晴天霹雳。他悲痛已极，觉得日月都没了光辉。"日已潜光辉"，这是作者的主观感觉。产生这样的感觉，是因为心情太沉重了。这正像人在高兴的时候会觉得阳光灿烂一样，诗人正是把握了自己的这一心理过程。他不用"我痛不欲生"之类的话来表达自己的感情，而是摆脱掉直截的表露，用"日已潜光辉"的感觉，说出了自己的心境,这样就更能打动读者。"晴天霹雳"以后,便是绵长的思念。作者因远行在外,与幼子在一起的时候肯定不多,这一下又要与儿子永远分离,无限的悲哀像一根无形的绳子,勒住了作者的心,"生时不识父,死后知我谁?"自己对儿子的一片爱心,儿子再也不能感受到了,自己对儿子的呼唤,儿子也永远听不到了。这种痛苦不仅是死去的人的,更是活着的人的。而且"白发悼黑发",父亲悼念儿子这一违反常规的事,更叫人无法接受,因此,作者在想到"你死我念追"时,便不觉泪下沾衣了。

这首诗真实地写出了作者的心情,通篇言辞凄婉,哀切感人。

羽林郎①

辛延年

昔有霍家奴,姓冯名子都②。

依倚将军势,调笑酒家胡③。

胡姬年十五,春日独当垆④。

长裾连理带,广袖合欢襦⑤。

头上蓝田玉,耳后大秦珠⑥。

两鬟何窈窕,一世良所无⑦。

一鬟五百万,两鬟千万余⑧。

不意金吾子,娉婷过我庐⑨。

银鞍何煜爚,翠盖空踟蹰⑩。

就我求清酒,丝绳提玉壶⑪。

就我求珍肴,金盘脍鲤鱼⑫。

贻我青铜镜,结我红罗裾⑬。

不惜红罗裂,何论轻贱躯⑭。

男儿爱后妇,女子重前夫⑮。

人生有新故,贵贱不相逾⑯。

多谢金吾子,私爱徒区区⑰。

辛延年,东汉人,生平籍贯及事迹不详。

① 羽林:是汉代皇家的禁卫军。羽林郎:是羽林军的高级军官。

② 昔:从前,过去。霍家:指霍光的家。西汉昭帝时,霍光任大司马大将军。冯子都:又叫冯殷,是霍光所宠爱的家奴。

③ 依倚:依靠,依仗。酒家:开店卖酒的人家。胡:汉代人对北方少数民族的称呼。

④ 姬(jī):古代对女子的美称。胡姬:指酒家的女儿。年:年龄。垆(lú):酒店里安放酒坛子的土台子。当垆:指卖酒。

⑤ 裾(jū):衣服的前襟。连理带:联结前襟的衣带。古时候的衣服没有纽扣,是用带子联结两边衣襟。广袖:宽大的衣袖。合欢:一种象征和合欢乐图案花纹的名称。合欢襦(rú):绣有对称花纹的短袄。

⑥ 蓝田:山名,在今陕西蓝田县东三十里,相传山上出产美玉,又叫玉山。蓝田玉:蓝田山出的玉。大秦:国名,就是罗马帝国。大秦珠:罗马帝国出产的宝珠。

⑦ 鬟(huán):古代妇女梳的环形发髻。何:多么。窈窕(yǎo tiǎo):美好的样子。一世:整个世界。良:确实。

⑧ 五百万:与下文的"千万余"都是指胡姬发髻上装饰品的价值。

⑨ 不意:没有料想到。金吾子:官名,就是"执金吾",负责保卫都城的武官。这里是对豪奴冯子都的敬称。但含有讽刺意

味。娉婷（pīng tíng）：貌美的样子。这是说冯子都为了调戏胡姬，故意做出和颜悦色的媚态。过：访，探望。庐：房舍。

⑩ 煜爚（yù yuè）：光辉照耀。翠盖：装饰着翠羽的车盖。翠：一种青绿色的鸟。翠盖在这里是车子的代称。空：停留。踟蹰（chí chú）：停留下来，这里指马原地踏步的样子，也就是马车停下来。

⑪ 就：靠近。求：要。丝绳提玉壶：用系着丝绳的玉壶来斟酒。

⑫ 肴（yáo）：菜。珍肴：即美味，好菜。盘：既是名词，可当盘子讲，又作动词，是"用盘子装"的意思。脍（kuài）：细切的肉。

⑬ 贻（yí）：赠送。青铜镜：古代的镜子是用青铜精制而成，一般是圆形，背后有纽，可以照人，也可以挂在胸前作装饰品。结：拴系。

⑭ 不惜：不在乎，不可惜。罗：一种稀疏而轻软的丝织品。裂：撕破。何论：更不用说。轻：轻举妄动。贱躯：低贱的身体，这是对自己身体的谦称。

⑮ 后妇：后来娶的妻妾。重：珍惜。

⑯ 逾（yú）：越过。

⑰ 谢：告。多谢：郑重地告诫。私爱：单方面的相思。徒：白白的。区区：殷勤。

从前霍光有个家奴，
姓冯名字叫冯子都。

依仗霍家无比权势，
欺负市上卖酒少妇。
那少妇年方一十五，
春天里卖酒立门户。
长衣襟系着连理带，
宽衣袖绣着合欢图。
头上簪的是蓝田玉，
耳上戴的是大秦珠。
两个发髻多么美丽，
世上无人能够挽出。
一件首饰价值百万，
两件首饰价值无数。
没料到来个金吾子，
做着媚态进了我屋。
嵌银马鞍何等光耀，
饰羽的车门前停住。
走来向我求买清酒，
我提起丝绳倾玉壶。
又要我备下美味菜，
我细切鲤鱼盘中布。
他赠我一面青铜镜，
还把它系上我衣服。
我不惜撕裂红罗装，
身虽贱怎容人侮辱？
男人无情只爱后妇，

女人专一更思前夫。

人生纵有新知旧友，

贫贱高贵不可越出。

郑重告诫你金吾子，

殷勤相思白费工夫。

帮你读

在汉代，担任"羽林郎"和"金吾子"，这种官职的人权力很大，他们常常利用职权抢夺百姓财产，强占民间妇女。这在当时已经成为严重的社会问题，这首《羽林郎》反映的就是这一社会现实。

这首诗艺术上的突出特点是：把人物放在矛盾对比中写。无论是对人物外表的描写，还是对人物心理的表现，都是为了塑造胡姬和"金吾子"这两个相对立的形象。

胡姬，年轻，能干，刚刚十五岁就能当街卖酒；她漂亮、雍容。穿戴的有"长裾连理带，广袖合欢襦"，装饰的有"头上蓝田玉，耳后大秦珠"。这些极具少数民族特色的服饰，更能引起读者对这位姑娘的喜爱。

相反，"金吾子"虽然也一身的骄贵，很是富有，但他却十分令人生厌。他是银鞍、翠盖，可是一副无赖嘴脸，先要酒，又要菜，目的是在于接近胡姬。

胡姬，唇枪舌剑，快人快语，没有分毫的奴颜媚骨。诗的最后几句，是胡姬对金吾子连珠炮的进攻。"……男儿爱后妇，女子重前夫。人生有新旧，贵贱不相逾。多谢金吾子，私爱徒区

两汉诗

区。"这几句话义正辞严，气势逼人。读完了，一个泼辣姑娘的形象，立刻会浮现在你的眼前。

而金吾子呢？忸怩作态，装腔作势，甚至对胡姬动手动脚，又赠青铜镜，又结红罗裾，完全是一副涎皮赖脸的流氓样子。

这样，把两人放在一个环境下写，并且通过描写使两个人物的性格形成鲜明的对照，让"卑贱"的胡姬战胜"高贵"的金吾子，让正气压倒邪气。这正是这首诗要通过描写来达到的最终目的，也正是这首诗所表现出的积极的社会意义。

董娇饶①

宋子侯

洛阳城东路,桃李生路旁②。

花花自相对,叶叶自相当③。

春风东北起,花叶正低昂④。

不知谁家子,提笼行采桑⑤。

纤手折其枝,花落何飘飏⑥。

请谢彼姝子:"何为见损伤?"⑦

"高秋八九月,白露变为霜⑧。

终年会飘堕,安得久馨香⑨?"

"秋时自零落,春月复芬芳⑩。

何时盛年去,欢爱永相忘"⑪。

吾欲竟此曲,此曲愁人肠⑫。

归来酌美酒,挟瑟上高堂⑬。

宋子侯,后汉人,生平和事迹不详。

①董娇饶:一个女子的名字,可能是当时的著名歌女,后来的诗人常把"董娇饶"作为美女的典故用。

②洛阳:东汉时的首都,是当时最繁盛的城市。桃李:即桃

树和李树。

③ 花花自相对：花与花两两相对。当：与"对"的意思相同，好比说"对称"、"相映"。

④ 东北起：从东北方向吹起。昂：高。与低相对。

⑤ 子：这是指女子。行：将要。

⑥ 纤：细长。飘飖：四散飞落。

⑦ 请谢：就是"请问"。谢：有致歉的意思，因下句是带有责问的口气的，所以先向这个姑娘致歉。彼：那个。姝子：就是好姑娘。何为：就是"为何"。见：被，受到。

⑧ 高秋：秋季时，天高气爽，所以称秋天为"高秋"。白露：二十四节气之一，霜：霜降，也是二十四节气之一。

⑨ 终年：一年的最后，就是年终。会：可能，即将。堕（duò）：掉下来，坠落。安：怎么。馨（xīn）香：芳香。

⑩ 零落：凋落。复：又，再。芬芳：花草发出的香气。

⑪ 何时：不知什么时候。盛：茂盛。盛年：就是少壮时。

⑫ 吾：我。竟：结束。愁人肠：让人心里难受。

⑬ 酌（zhuó）：饮，喝。挟（xié）：用胳膊夹住。瑟（sè）：一种弦乐器。高堂：高大的厅堂，正屋。

译过来

洛阳城内东边路，
长着桃树和李树。
花开花盛花相对，
叶壮叶翠叶相称。

东北吹来暖春风，

花叶上下轻摇动。

不知谁家好姑娘，

手提花篮要采桑。

细手攀折桃李枝，

桃李花瓣落纷扬。

"请问你是谁家女？

为何我被你损伤？"

"八月九月秋高爽，

白露过去是霜降。

年底花儿总要落，

哪能永远有芳香？"

"秋天时节花自落，

春天来到花又放，

不像人间盛年去，

是欢是爱人相忘。"

我想唱完这支曲，

曲哀令人愁断肠。

归来消愁饮美酒，

弹着琴瑟上高堂。

 帮你读

"董娇饶"是美人的代称。在封建社会里，歌女的命运是很悲惨的，当她们年轻时，唱歌跳舞，供人们取乐，可是到了老年的

两汉诗

时候,便摆脱不了被人抛弃的下场。这首诗的作者出于正义感,大胆地启用"董娇饶"作为诗的题目,以表示对这些女子深切的同情。

诗的前三句,描写了洛阳城外的自然景色。洛阳,是当时全国最繁华的城市。春天的时候,洛阳城外的大路旁,桃花、李花竞相开放,花对花,叶对叶,花叶互相映衬,景色十分喜人。这一段描写,是借景抒情引起下面的联想。接下去,就写一个芳龄少女,也有花一般的青春,和花在一起,她一点也不逊色,正是"人面桃花相映红"。但是再往下,诗人用了拟人化的手法,叙述了花与少女的对话,少女折了花枝,花枝同少女为什么折花。少女回答:反正你们早晚是要凋落的,我折几枝花又何妨? 花听了以后,立刻反驳说:"秋天我们自然是要凋谢飘落的,但是到了明年的春天,我们又将长出青枝绿叶,照样开放芳香的花朵。你呢,青春一去,就要永远被人们遗忘了。"这一番话,有很深的人生哲理,它道出了封建社会歌女的命运不如一枝花的悲惨结局,是全诗的主旨所在。

在写作上,这首诗除了采取比、兴和拟人化的手法外,突出的特点是:"以乐景写哀",即用洛阳城外的春光、鲜花等欢乐的景物作背景,来写少女悲哀的心情,这就起到了很好的映衬作用,大大加强了诗的艺术感染力。

悲 愤 诗

蔡 琰

汉季失权柄,董卓乱天常^①。

志欲图篡弑,先害诸贤良^②。

逼迫迁旧邦,拥王以自强^③。

海内兴义师,欲共讨不祥^④。

卓众来东下,金甲耀日光^⑤。

平土人脆弱,来兵皆胡羌^⑥。

猎野围城邑,所向悉破亡^⑦。

斩截无孑遗,尸骸相撑拒^⑧。

马边悬男头,马后载妇女^⑨。

长驱西入关,迥路险且阻^⑩。

还顾邈冥冥,肝脾为烂腐^⑪。

所略有万计,不得令屯聚^⑫。

或有骨肉俱,欲言不敢语^⑬。

失意几微间,辄言"毙降虏^⑭。

要当以亭刃,我曹不活汝^⑮。

岂敢惜性命,不堪其詈骂^⑯。

或便加棰杖,毒痛参并下^⑰。

旦则号泣行,夜则悲吟坐^⑱。

两汉诗

欲死不能得，欲生无一可⑲。

彼苍者何辜？乃遭此卮祸⑳。

两汉诗

 讲一讲

蔡琰（yǎn），字文姬，生卒年不详，东汉陈留圉（yǔ）人，是东

汉时著名学者蔡邕的女儿。博学能文，通晓音律。献帝兴平（194～195）中，被董卓的士兵虏走，后来流落到南匈奴，生活了十二年。建安八年（203 年）曹操用金璧将她赎回。

① 季：末，指一个时期的末了。汉季：指东汉末年。柄（bǐng）：权。权柄：所掌握的权力。董卓：东汉末年的大军阀，灵帝中平六年（189），他曾率兵攻入洛阳。常：规律、准则。乱天常：违反君臣名分和权限。

② 图：图谋，谋取。篡（cuàn）：臣子夺取君王的权位。弑（shì）：儿子杀父亲或臣子杀君王。诸：众，各。贤良：有德行，有才能的人。诸贤良：指被董卓杀害的执金吾丁原、尚书周珌、城门校尉伍琼等人。

③ 旧邦：长安。长安是西汉时的首都，所以称"旧邦"。拥主以自强：这句是说，董卓逼迫汉献帝迁都洛阳，是为了便于他借着皇帝的名义以壮大自己的势力。

④ 海内：国内。义师：正义的军队。兴义师：指起兵讨伐董卓的军队。欲共：想一起。不祥：不善的人，指董卓。

⑤ 卓众：指董卓部下李傕（jué）、郭汜（sì）、张济的部队。东下：指这些部队大肆掠夺陈留、颍川等地。

⑥ 平土：平原，指关东一带。脆弱：不坚弱。胡羌（qiāng）：古代常称北方少数民族为胡，西部少数民族为羌。

⑦ 猎野：在田野上打猎，其实是指对农村攻杀掳掠。邑（yì）：城镇。所向：所指向的地方。悉（xī）：尽，全。破：打败。亡：灭亡。

⑧ 斩截：斩绝。孑（jié）：单独一个。遗：遗留。骸（hái）：骨头。相撑拒：相互支撑。

⑨ "马边"句：写抄掠陈留的情况。董卓手下部队，把男人的头砍下，系在马车上，把妇女和财宝装上车带走。

⑩ 长驱：迅速地向很远的目的地走。关：函谷关，在今天的河南新安县东北。西入关：是说李傕、郭汜部队在东边劫掠之后，又向西入函谷关，返回陕西。迥（jiǒng）：远。且：而且，还。阻：险阻。

⑪ 还顾：回头看。邈（miǎo）：渺远。冥冥（míng）：迷茫的样子。

⑫ 略：就是"掠"。屯聚：聚集。

⑬ 或：有的人。骨肉：亲人。俱：在一起。言、语：都作动词用，是说话的意思。

⑭ 失意：不顺意。几微：细微的事。辄（zhé）：就。毙降虏：意思是"该死的东西，杀了你这个囚徒"。

⑮ 要当：应当。亭刃：就是"换刀子"的意思。我曹：我辈，我们。不活汝：不让你们活。汝（rǔ）：你们。

⑯ 岂敢：哪里敢。惜：可惜。不堪（kān）：不能忍受。詈（lì）：骂。

⑰ 或：有的。棰（chuí）：用棍子打。毒：恨。参（cēn）并下：同时都到了。毒痛参并下，是说心里的恨和身上的痛都感受到了。

⑱ 且：早晨。号泣：大声哭叫。吟（yín）：叹息。

⑲ 不能得：不能够做到。无一可：没有一点可能。

⑳ 彼苍：指天。何辜：什么罪过。乃：就。戹（è）：就是厄，灾难。戹祸：灾祸。

边荒与华异，人俗少义理㉑。

处所多霜雪，胡风春夏起㉒。

翩翩吹我衣，肃肃入我耳㉓。

感时念父母，哀叹无穷已㉔。

有客从外来，闻之常欢喜㉕。

迎问其消息，辄复非乡里㉖。

邂逅徼时愿，骨肉来迎己㉗。

己得自解免，当复弃儿子㉘。

天属缀人心，念别无会期㉙。

存亡永乖隔，不忍与之辞㉚。

儿前抱我颈，问"母欲何之㉛？

人言母当去，岂复有还时㉜？

阿母常仁恻，今何更不慈㉝？

我尚未成人，奈何不顾思㉞！"

见此崩五内，恍惚生狂痴㉟。

号泣手抚摩，当发复回疑㊱。

兼有同时辈，相送告离别㊲。

慕我独得归，哀叫声摧裂㊳。

马为立踟蹰，车为不转辙㊴。

观者皆歔欷，行路亦呜咽㊵。

 讲一讲

㉑ 边荒：边远的地方，指当时南匈奴居住的地方。华：中华，

指汉族居住的中原地区。异：不同，有区别。人俗：风土人情。少义理：不开化，也就是比较粗野无礼。

㉒ 处所：居住的地方。胡风：北方的风。

㉓ 翩翩（piān）：飞动飘扬的样子。肃肃：风的声音。

㉔ 感时：感慨时局。无穷已：没有息止的时候。已：止，罢了。

㉕ 从外来：由外面（指中原地区）来到这里。闻：听说，听到。

㉖ 迎问：迎着他问家乡的消息。辄复：总又是。非乡里：不是同乡。

㉗ 邂逅（xiè hòu）：意外地碰到。徼：就是"邀"，求得，得到的意思。时愿：平时的愿望，就是返回故乡的愿望。骨肉：指至亲。这里指曹操派来的使者。

㉘ 解：解脱。免：免除苦难。复：又。弃：遗弃、抛下。儿子：指蔡文姬在南匈奴所生的两个儿子。他们不能同她一起回汉朝，所以说："当复弃儿子"。

㉙ 天属：天然亲属，如父母、子女、兄弟姐妹等。这里指母子。缀（zhuì）：连结。会：会面。期：日期，时间。

㉚ 存亡：活着和死去。乖隔：分隔，分离。之：代词，指文姬的儿子们。辞：辞别。

㉛ 前：作动词用，是走上前来的意思。颈（jǐng）：脖子。欲何之：要到哪里去。

㉜ 人言：别人说。岂复有还时：难道还有回来的时候吗？

㉝ 仁恻（cè）：仁慈。更（gēng）：变为。

㉞ 尚（shàng）未：还没有。奈何：怎么。顾思：顾惜想念。

㉟ 崩：分裂，损坏。五内：五脏。恍惚（huǎng hū）：神志不

清。生狂痴：发狂。

㊱ 号(háo)：大声哭。当：正要，面临着。疑：疑惑。

㊲ 同时辈：同时被掳到南匈奴的人。

㊳ 慕(mù)：羡慕。摧裂：撕裂人心。

㊴ 踟蹰(chí chú)：要走不走的样子。辙：车轮留下的痕迹，这里指车轮。

㊵ 观者：看的人。歔欷(xū xī)：悲泣地抽噎。行路：过路人。亦(yì)：也。呜咽(yè)：低声啜泣。

去去割情恋，遄征日遐迈㊶。
悠悠三千里，何时复交会㊷？
念我出腹子，胸臆为摧败㊸。
既至家人尽，又复无中外㊹。
城廓为山林，庭宇生荆艾㊺。
白骨不知谁，纵横莫覆盖㊻。
出门无人声，豺狼号且吠㊼。
茕茕对孤景，怛咤糜肝肺㊽。
登高远眺望，魂神忽飞逝㊾。
奄若寿命尽，旁人相宽大㊿。
为复强视息，虽生何聊赖(51)。
托命于新人，竭心自勖厉(52)。
流离成鄙贱，常恐复捐废(53)。
人生几何时，怀忧终年岁(54)。

⑪　割：割断。邅（chuán）征：快速行走。日遐（xiá）迈：一天天地走远了。

⑫　悠悠：遥远。交会：相会，相逢。

⑬　出腹子：指自己生的儿子。胸臆（yì）：胸怀。摧：摧裂。败：损坏。

⑭　既至：等回到了中原的家里。中外：古代称舅父家的子女为内兄弟，称姑母家的子女为外兄弟。这里泛指近亲。

⑮　城廓（guō）：城市。庭宇：庭院，房屋。荆艾：荆棘、艾蒿，这里指杂草。

⑯　"白骨"二句：死人的尸骨暴露在杂草中，没有东西盖在上面。

⑰　吠（fèi）：叫声。

⑱　茕（qióng）茕：孤独的样子。景：就是"影"。怛（dá）咤（zhà）：因悲痛而惊叫。糜（mí）：糜烂，碎裂。

⑲　忽：忽然，突然。逝：过去。

⑳　奄（yǎn）若：忽然好像。宽大：宽慰。

㉑　强（qiǎng）：勉强。视：看。息：喘息。这句是说，在别人的劝慰之下，自己又勉强地活下去。何聊赖：有什么意思。

㉒　新人：指重嫁的丈夫董祀。竭：尽。勖（xù）厉：勉励。

㉓　流离：失去了居住的处所，流浪他方。指被掳入南匈奴。鄙贱：鄙陋，下贱。这句是说，自己长期流落南匈奴，生活习性都已变得很粗野。恐：怕。捐废：抛弃。

54 几何时:能有多少时候。终年岁:终身。

东汉末年皇帝丧权。

董卓谋反天下大乱。

图谋欲思篡位杀君,

先杀大臣害死众贤。

逼迫百姓再迁长安,

挟持天子自壮力量。

四海之内义军兴起,

直指国贼共讨叛逆。

叛军到处烧杀掠抢,

金盔铁甲道道寒光。

关东百姓手无寸铁,

来兵凶猛有胡有羌。

郊外打仗围攻城邑,

所到之处城破家亡。

杀人如麻无一幸免,

白骨相架尸堆如山。

男子头颅悬挂马边,

妇女命苦马后相牵。

长驱直入西攻入关,

道路遥远道路艰险。

回头再看迷茫邈远,

只剩一副腐烂肝肠。
烧掠抢劫俘虏上万，
贼兵不准聚集一团。
骨肉亲人就在身旁，
心想说话又不敢言。
微小之事没顺其愿，
动辄就骂"杀你囚犯。
你们这帮该挨刀剑，
我送你们去上西天。"
哪里还敢爱惜性命，
更难忍受秽语污言。
无故殴打用棍用鞭，
仇恨疼痛齐涌心间。
清晨哭泣边哭边行，
夜晚悲痛坐地哀吟。
心中想死却死不成，
心又想生生又不能。
试问苍天我有何罪，
遭此厄运把我惩罚。

边远匈奴不同中原，
风俗习惯粗陋野蛮。
所居所住霜雪多寒，
凛冽北风春夏吹遍。
吹我衣角飞动翩翩，

肃肃风声响在耳畔。

伤感之时想念父母，

哀伤叹息永无间断。

远方之人来我身边，

听说之后心中喜欢。

迎接问遍家乡消息，

却又不是家乡故里。

偶尔一次侥幸随愿，

骨肉亲人前来接见，

我得解救能把家还，

自己还家扔下儿男。

亲生骨肉把心牵连，

想到从此无缘再见。

是生是死分隔永远，

不忍别儿心中含酸。

儿子上前抱我脖端，

大声问我："母去哪方？

人家都说母亲要走，

母亲一走何时返还？

我的母亲最最仁慈，

今天为何不慈不怜？

我还没有长大成人，

难道您不思不虑再三？"

见儿此景五脏崩溃，

神情恍惚心中狂乱。

眼中洒泪双手抚儿，
临到出发犹豫不前。
还有那些被虏伙伴，
前来送我道别再见。
羡慕我能重返家园，
哀叫之声撕心裂肺。
马懂人情踟蹰不前，
车轮深重原地不转。
看见此景人人流泪，
行路这人也在呜咽。

催促快走情思割断，
急步上路日日离远。
三千里路遥望无边，
什么时候再能相见。
想念我的亲生孩子，
阵阵痛苦摧裂心肝。
回到家中家人全无，
远近亲戚也都不见。
城池郊野变为山林，
荆棘杂草长在庭院。
具具白骨不知是谁，
横七竖八没有遮掩。
出得门去不闻人声，
只有豺狼大吼大叫。

两汉诗

只身一人形孤影单，

哀苦长叹肝肠痛断。

登上高处向远眺望，

神魂立刻飞向天边。

仿佛生命已不存在，

旁人相劝叫我心宽。

宽心而活无望无愿，

虽生犹死过日混天。

重嫁董祀性命相托，

竭尽心力自己奋勉。

流离异乡自觉卑贱，

常怕再遭丈夫弃嫌。

人生一世能有几天，

心怀忧伤了此残年。

帮你读

　　这首诗是蔡琰从匈奴回到中原后所写的痛定思痛的作品。

　　《悲愤诗》由三个大的部分组成。第一部分，写汉末董卓之乱和自己被匪兵所掳的情形；第二部分，写自己流落到南匈奴后所过的屈辱生活和被赎的欣喜及与儿子离别的痛苦；第三部分，写回乡后的思想矛盾和精神痛苦。整篇诗，蔡琰是用血和泪写成的。写的是自己的遭遇，自己的情感，所以十分生动、感人。

　　汉灵帝中平六年（189年），大军阀董卓率军队打入洛阳，烧杀抢掠，无所不为。第二年又杀死当时的皇帝少帝。全国上下一片混乱。初平三年（192年），董卓派遣部将李傕、郭汜，率兵从长安出函谷关东下，进入中原。蔡琰大约就在这个时候在家乡被李傕的部队俘虏。以后，蔡琰和被俘的百姓就开始流落异乡。在去匈奴的路上，他们受尽了折磨，"或便加棰杖，毒痛参并下"就是他们的遭遇；"欲死不能得，欲生无一可"就是他们的心情。到了匈奴以后，他们仍然过着苦不堪言的日子。

战乱和异域生活给蔡文姬留下了深刻的印象，与亲骨肉的分离又给她的心灵带来沉重的创伤。蔡琰真实而又概括地记录了这段历史，抒发出自己强烈的悲愤。

蔡琰对董卓之乱给社会带来的动荡、人民遭受的洗劫都作了真实的描写。这一描写具有强烈的历史时代感，它揭露了汉代末期封建统治阶级的腐朽、残暴，反映了劳动人民苦难的生活遭遇，有着强烈的社会意义。

《悲愤诗》的三个部分，以第二部分写归汉别子的情景最为感人。

蔡琰出身书香世家，是个才女。被俘前，她过的是安静、优裕的生活。被俘后，情形大变。匈奴人比较粗俗野蛮，而且他们所居住的地方，气候十分恶劣。在这样的环境里，蔡琰忍辱含屈地和南匈奴的左贤王共同生活了十二年，并生下两个儿子。可以说，在这十二年的熬煎下，她的孩子是她感情的唯一寄托，而回到家乡去，又是支撑她活下去的最后希望。因此，当蔡琰被曹操赎回的时候，她内心的矛盾发生了激烈的冲突。她也因这矛盾冲突而痛苦万分，"见此崩五内，恍惚生狂痴。号泣手抚摩，当发复回疑"是蔡琰当时心境的真实写照。想到自己将要与亲生骨肉永远分离，蔡琰几乎悲痛得发疯，甚至在与孩子抱头痛哭的时候,她竟对自己盼望已久的回归当朝犹豫不决了。虽然在这部分的结尾,蔡琰避而不写母子别离的场面,然而,读者可以从"观者皆歔欷,行路亦呜咽"的诗句中,领略其中更深含的意味。过路的行人都被告别的场面感动得哭泣不止,那么蔡琰与她的孩子又该是怎样的悲痛欲绝,就不难想像了。

这首长诗结构严谨,层次清楚,五字一句非常整齐,是很难得的长篇五言诗。由于写得真切,深刻,具有撼人心魄的力量,加上诗的艺术成就,这首诗成了流芳千古的名篇。

战 城 南^①

乐府民歌

战城南，死郭北^②，

野死不葬乌可食^③。

为我谓乌："且为客豪^④！

野死谅不葬，腐肉安能去子逃^⑤？"

水深激激，蒲苇冥冥⑥；

枭骑战斗死，驽马徘徊鸣⑦。

梁筑室，何以南，何以北⑧？

禾黍不获君何食？愿为忠臣安可得⑨？

思子良臣，良臣诚可思⑩。

朝行出攻，暮不夜归⑪！

讲一讲

① 这是西汉时期的一首乐府民歌，属于《汉铙歌十八曲》中的一篇。它原是没有题目的，后人为了阅读方便，就以第一句诗为题目。这样的情况在古代乐府诗里，是常见的现象。

② 郭：城郭。古代城墙分内外两道，内墙是城，外墙是郭。这句是说：城南城北都在打仗，都有战死的人。

③ 野死：死在郊野。乌：乌鸦。

④ 为我谓：为我，我。谓，对……说。且：暂且。客：指死者。豪：就是"嚎"，哭号。（同音字通用，或假借同音字的字意，这在古汉语里是很常用的一种方法，叫"通假字"。）

⑤ 谅：想必。不葬：遗体得不到安葬。腐肉：指遗体腐烂。安能：怎么能。去：离开。子：你们，指乌鸦。

⑥ 激激：形容河水清冷。蒲苇(pú wěi)：都是水草。冥(míng)冥：昏暗，寂静。

⑦ 枭(xiāo)：矫健的骏马。枭骑：指勇敢的骑兵。驽(nú)：笨拙的马。徘徊(pái huái)：在原地来回地走。

⑧ 梁：桥梁。筑室：构筑房屋，这里指在桥上构筑工事、兵

营。何以：怎样。

⑨ 禾黍(shǔ)：泛指粮食作物。获：收获。君：对人的尊称，这里指战士。何食：吃什么。

⑩ 子：你，这里指阵亡的将士。臣：封建社会中官员、老百姓对帝王的自称。良臣：这里是好儿郎的意思。诚：确实。

⑪ 朝(zhāo)：早晨。出攻：出发攻战。暮：傍晚，太阳落山的时候。

郊野外战斗在激烈地进行，
战场上士兵在勇敢地献身。
倒下去的身躯没人去埋葬，
乌鸦飞来却把尸体啄食伤。
我对该死的乌鸦大声说道：
"先对死去的战士大哭一场，
他们死在野外无人去埋葬，
腐尸怎能从你们口中逃亡！"
水流清冷深长水草风吹荡，
矫健骑兵死在刀锋剑刃上，
留下驽马徘徊嘶鸣心悲伤。
修工事建在那桥梁要道上，
阻塞交通南北断路不通畅。
谷物不收获战士没有食粮，
做忠臣怎把自己责任承当？

两汉诗

想念你们这些英勇的战士，

英勇的战士实在令人景仰。

早晨出征去前方进攻杀敌，

晚上不见回来壮死在战场。

这是一首诅咒战争、悼念阵亡士兵的诗。西汉初期，北方匈奴族常派兵来侵犯汉朝，边境上战争不断。既有战争，就会有人在战争中牺牲。而为国捐躯，却没有葬身之地，只落得个做乌鸦口中食的下场，实在是惨不忍闻。前方疆场遍地尸体，后方土地荒芜，国家的这种混乱和萧条，都是战争带来的恶果，人民痛恨战争，人民吃够了战争的苦头。当然，对那些为保卫祖国英勇献身的好儿郎，诗人也给予了充分的肯定。

这首诗在艺术上有两个重要的特点，一是写景与抒情结合得很好，做到了情景交融。用战士的尸骨暴露荒野，无人掩埋，而被乌鸦当做美味来吃，来表现捐躯战士下场的可悲，用"水深激激，蒲苇冥冥"一片昏暗的景色，来衬托战争过后的凄凉情景。这些都充分地运用了对景象的描绘，来抒发自己的情怀。二是把现实主义同浪漫主义结合得很好。现实主义，就是比较客观地反映现实，不过分夸张；浪漫主义虽然最终也是反映现实，但它所运用的手法，却是丰富的想像和夸张。在这首诗中，有实实在在的对战争悲惨景象的描写，而"为我谓乌"四句，则是诗人假托死者之口，表达自己的悲切心情。这就是一种奇特的想像，是浪漫主义的写法。这里的构思不一般，又加上言辞悲愤凄凉，这

两汉诗

更加生动地表达了一种悲哀之情。

　　另外，还值得一提的是：这首诗因为它手法的高妙和含意的深刻，在思想上、艺术上对后代诗人的创作都起到了示范的作用。唐代两个最伟大的诗人李白和杜甫的《战城南》与《兵车行》都明显地受到这首诗的启示和影响。

上 邪

乐府民歌

上邪！我欲与君相知①，

长命无绝衰②。

山无陵，江水为竭③。

冬雷震震，夏雨雪④。

天地合⑤，

乃敢与君绝⑥！

①上：就是天。邪（yé）：叹词，相当于"啊"、"呀"。上邪：就是"天啊！"

②命：命令，使得。绝衰（shuāi）：断绝、衰退。

③陵：山峰。竭（jié）：干涸，枯竭。

④震震：响雷的声音。雨（yù）：这里作动词，下雨的意思。（古汉语中常把名词当成动词用，翻译时，要译成相应的动词。）

⑤合：结合，合拢在一起。

⑥乃：才。绝：断绝交往关系。

两汉诗

译过来

天哪！
我要与你相亲相爱，
让我们的爱情永不断绝。
除非高山没有峰峦，
江水变得水流干涸。
除非冬天响起雷声，
夏日大雪纷纷飘落，
上天下地合而为一，
我才敢和你分离。

帮你读

　　这是一首感情真挚、热烈的民歌，表现了青年男女之间纯洁、坚贞的爱情。我们可以把作者想像成一个女子，她为了向自己所爱的人表白自己对爱情的忠贞，罗列了一些永远不可能出现在一起的事物，来说明自己的爱与天地共存，自己的爱永远属于"君"一个人。她用反衬的手法，来表白自己的心声，说只有当山没有峰，江没有水，冬天响雷，夏天下雪，天地合在一起了，她才敢与她的爱人分开。事实上，她所列举的这些事情，永远不可能出现，也就是说，她也永远不会与她的爱人分开。这真是一种绝妙的假设。

　　这首诗实际上是一篇爱情誓词，写得非常直率，一点也不含糊。这是我国民间文学的特色之一，加上写作上，诗人"正言反说"，这就更增加了诗歌的感染力。

两汉诗

江 南

乐府民歌

江南可采莲，莲叶何田田①！
鱼戏莲叶间②：
鱼戏莲叶东，鱼戏莲叶西，
鱼戏莲叶南，鱼戏莲叶北。

两汉诗

① 江南：在秦汉时代，江南指的是现在的湖北省南部、湖南省和江西省。何：多么。田田：饱满壮实，形容莲叶长得挺秀的样子。

② 戏：游戏。这里指鱼儿在水中游动。

> 江南水乡采收莲子，
> 莲叶出水茂盛挺拔。
> 鱼儿游戏莲叶中间：
> 鱼儿摆尾游向莲叶东，
> 鱼儿划翅游向莲叶西，
> 鱼儿如梭游向莲叶南，
> 鱼儿似箭游向莲叶北。

这首诗反映的是我国古代江南劳动人民采莲时的愉快心情。它用朴实、明快的语言，描绘出江南水乡优美的劳动生活图景。

"江南可采莲，莲叶何田田！"诗的开头两句，描写江南的水乡风光和人们的劳动情形。

每年夏天，江南的荷花盛开，风景十分秀丽。荷花凋谢以

两汉诗

后，便结成莲蓬和莲子。莲子熟时，人们就划着小船，到池塘里去采摘。他们一边采莲，一边歌唱，心情十分喜悦。

　　这首诗语言爽快明朗，曲调轻松舒畅，富有民歌的特色。诗中按照东、南、西、北四个方位的变化，把鱼的游动状态铺排在一起，反复地加以描述。每句诗都表现"鱼戏莲叶"的一种情状，合起来就生动描绘出游鱼自由自在、欢乐无比的形态。这就表现出一种清新幽静的景色，渲染了欢乐的气氛，从侧面衬托出采莲人的舒畅心情。

两汉诗

平陵东

乐府民歌

平陵东，松柏桐①，

不知何人劫义公②。

劫义公在高堂下③，

交钱百万两走马④。

两走马，亦诚难⑤，

顾见追吏心中恻⑥。

心中恻，血出漉⑦，

归告我家卖黄犊⑧。

① 陵：坟墓。平陵：西汉昭帝刘弗陵的坟墓，位于西汉都城长安（今天的陕西省西安市）。松柏桐：就是松树、柏树、桐树。古代坟墓旁，多种植这三种树木，作为标志，象征常青。

② 劫：强取、掠夺。把官府捕人说成是"劫"，这是一种讽刺。义公：指具有美好德行的人。

③ 高堂：大堂，指封建社会的官府衙门。

④ 交：交易，换取。走马：善于行走的骏马。

⑤ 亦：也。诚：实在，真的。

⑥顾：回头看见。吏：官府里的办事员、差役。恻（cè）：悲哀，沉痛。

⑦漉（lù）：水慢慢渗透。这里指流血。

⑧犊（dú）：牛犊，就是小牛。

两汉诗

昭帝坟墓平陵东，
种着松柏和梧桐。
一个好人从此过，
遇见强盗不知名。
强盗劫他到衙门，
逼他交出钱和马。
交钱交马实难成，
瞧见追官心沉痛。
心沉痛，暗滴血，
卖犊换钱保性命。

这篇短诗控诉官吏压榨人民，用强盗的手段迫害无辜的人民，致使受害人倾家荡产的罪行，反映了封建社会尖锐的阶级矛盾。

这首诗用了很多讽刺的写法：

诗的开始，安排强盗抢劫人的事件发生在皇帝陵墓的东侧，紧接着，把官府的强盗，说成是"不知何人"。然后写义公又被劫持,并带进高堂,高堂上的大官不问青红皂白,上来就要钱要马,催逼人命,比强盗的手法更变本加厉。这一切都是在讽刺那个秩序混乱、黑白颠倒、好人受罪、坏人得势的社会。按说,在皇帝的陵前,人们都是肃然起敬的。但是,在这样的地方却有强盗出没,而且这些强盗竟然能把劫持来的人送进官府,说明这些强盗就是官府里的人。这些人在皇帝的坟前行抢抓人,这不是无视皇帝,没有王法了吗!再说,无辜遭抢,好人被押上了高堂,还要交出自己的钱财来赎,这是多么不讲理的事情啊!

这首诗在写作手法上还有一个特点,就是用了类似于"顶真体"的句式,用前一句诗的后三个字,作为后一句诗的开头,如:

"……不知何人劫义公。

劫义公在高堂下,

交钱百万两走马。

两走马,亦诚难,

顾见追吏心中恻。

心中恻,血出漉……"

这样写的好处,在于加强诗与诗之间的联系,使前后的内容紧密地联结起来,更准确地表达诗的主要意义,同时也使诗的音韵互相配合,让人读起来自然合拍,抑扬顿挫,更好地抒发出悲愤的思想感情。

陌上桑①

乐府民歌

日出东南隅,照我秦氏楼②。

秦氏有好女,自名为罗敷③。

罗敷喜蚕桑,采桑城南隅④。

青丝为笼系,桂枝为笼钩⑤。

头上倭堕髻,耳中明月珠⑥。

缃绮为下裙,紫绮为上襦⑦。

行者见罗敷,下担捋髭须⑧。

少年见罗敷,脱帽著帩头⑨。

耕者忘其犁,锄者忘其锄⑩。

来归相怨怒,但坐观罗敷⑪。

使君从南来，五马立踟蹰⑫。
使君遣吏往，问是谁家姝⑬？
"秦氏有好女，自名为罗敷。"
"罗敷年几何⑭？"
"二十尚不足，十五颇有余⑮。"
使君谢罗敷："宁可共载不⑯？"
罗敷前置辞："使君一何愚⑰！
使君自有妇，罗敷自有夫⑱。"

"东方千余骑，夫婿居上头⑲，
何用识夫婿？白马从骊驹⑳；
青丝系马尾，黄金络马头㉑；
腰中鹿卢剑，可直千万余㉒。
十五府小吏，二十朝大夫㉓。
三十侍中郎，四十专城居㉔。
为人洁白皙，鬑鬑颇有须㉕。
盈盈公府步，冉冉府中趋㉖。
坐中数千人，皆言夫婿殊㉗。"

讲一讲

① 陌（mò）：指田间的道路。

② 隅（yú）：角落，这里指方位。氏（shì）：旧时常放在妇女父亲姓的后面来称呼已婚的妇女，如姓张的妇女结婚后，就称"张氏"。

③ 罗敷（fū）：汉代诗中常用来作美女的名字。

④ 蚕（cán）：在这里当动词用，就是"养蚕"的意思。

⑤ 青丝：青色的丝绳。笼：采桑用的竹篮。系（jì）：拴在篮子上的绳带。桂枝：桂枝树的枝条，有香气，是名贵的树。钩：竹篮的提柄。

⑥ 倭（wō）堕（duò）：偏重的样子。倭堕髻：古代妇女的一种流行的头发式样，即把头发挽成髻，让它偏垂在一边。明月珠：一种特大的宝珠。

⑦ 缃绮（xiāng qǐ）：杏黄色的花绸子。襦（rú）：短袄。

⑧ 行者：做生意赶路的人。下担：放子担子。捋（lǚ）：用手从上向下抚摩。髭（zī）：嘴上的胡须。

⑨ 著（zhuó）：戴。帩（qiào）头：古代男子包裹头发的头巾，外面戴帽子。

⑩ 者：代词，"……的人"的意思。耕者：就是耕田的人。

⑪ 相怨怒：互相指责、抱怨。这是说回家晚了，夫妻吵架。但：只是。坐：因为。

⑫ 使君：汉代的刺史、太守一类官员的称呼。五马：指使君所乘的五匹马拉的车子。踟蹰：徘徊不前。

⑬ 遣（qiǎn）：派。吏（lì）：官员。姝（shū）：美丽的女子。

⑭ 年：年岁。几何：多少。

⑮ 尚：还。颇（pō）：很，相当地。

⑯ 谢：问。宁可：是否可以。共载：共同乘车回去，意思是嫁给使君。

⑰ 前：上前。置辞：就是致词，回答的意思。一何：何等，多么。愚：愚昧无知，不明事理。

⑱ 妇：指使君的妻子。

⑲ 骑（jì）：骑马的将士。夫婿（xù）：丈夫。居：位居。上头：前列。

⑳ 何用：就是"用何"，凭着什么。识：分辨。骊（lí）驹：纯黑色的小马。

㉑ 络（luò）：马的辔（pèi）头。

㉒ 鹿卢剑：古代一种兵器的名称。剑柄较长，用玉做成，上面刻有辘轳（水井上提水的绞车），又叫"辘轳剑"。直：就是"值"，价值。

㉓ 十五：十五岁。下面的数字都是岁数。小吏：官府里的小官。朝大夫：在朝廷中担任高级的文职官员。

㉔ 侍中郎：在皇帝身边负责保卫、服务的官员。专城居：意思是当了主管一个地区的军政事务的大官。

㉕ 皙（xī）：形容皮肤白嫩。鬑（lián）：形容人的胡须长得美而长的样子。

㉖ 盈（yíng）盈：轻松愉快的样子。公府步：古代官员走路的步伐，就是潇洒地踱着方步。冉（rǎn）冉：缓慢，从容不迫的样子。趋（qū）：行走。府中趋：朝官府走去。

㉗ 坐中：指官员集会。皆：都。殊：特殊，这里是人才超群出众的意思。

红日从东南方升出，
照耀着秦家的楼屋。

秦家有一个好姑娘，
她的名字就叫罗敷。
罗敷喜欢养蚕采桑，
常在城南攀采桑树。
小小桑篮拴着青丝，
桂枝做成玲珑提钩，
头上梳着个倭堕髻，
耳后坠着那明月珠。
杏黄罗裙鲜艳无比，
淡紫绸袄引人注目。
赶路的人见到罗敷，
放下担子呆望捋胡。
青年男子看见罗敷，
脱帽整巾眼望不住。
耕地的忘了手中犁，
锄草的忘了手中锄。
回家晚了妻子埋怨，
只因贪看美貌罗敷。

有个使君从南而来，
停"五马车"原地踏步。
先派随从前去探问，
"谁家姑娘如此貌美？"
"秦氏家中美貌女子，
取得好名就叫罗敷。"

"再问罗敷芳龄多大。"
"虽然还不足二十岁，
但肯定超过一十五。"
使君欢欣笑问罗敷：
"能否与我同车回府？"
罗敷上前回答庄重：
"使君使君愚昧糊涂，
你在家中已有老婆，
罗敷我也早有丈夫。"

"东方骑士千千万万，
走在前边是我丈夫。
怎么分辨是不是他，
白马后面黑马相护。
马尾上系着青丝线，
马头上笼着黄金络。
腰中插一把鹿卢剑，
这宝剑价值千万数。
十五在官府当小吏，
二十在朝廷做大夫。
三十给皇帝当侍卫，
四十派出镇守城府。
他有着洁白的皮肤，
长长的胡须好风度。
轻盈迈着那四方步，

缓缓走进那官员府。

在座的总有几千人，

全都夸赞我的丈夫。"

这是一首优美的民间叙事诗。它的情节虽然比较简单，但却完整地叙述了一个有头有尾的故事。

在封建社会里，广大的妇女尤其是劳动妇女，是没有任何社会地位的，她们往往被当做男子的附属品。而广大妇女对于这种社会歧视，是深感不平的。《陌上桑》这首诗就反映了妇女的反抗精神。它通过诗中女主人公秦罗敷舌战"使君"，并且取得胜利的故事，歌颂了我国古代劳动妇女不畏强权，坚贞不屈的高尚品质。

诗中罗敷的美丽容貌和坚贞的品质以及机智勇敢的性格，是通过直接描写和间接描写来表现的。

直接描写一是反映在罗敷的外貌方面，写她的装饰："头上倭堕髻，耳中明月珠"；写她提的精致的篮子："青丝为笼系，桂枝为笼钩"。这些直接描写，都是写罗敷外表的漂亮、华丽、与众不同。二是反映在罗敷"舌战"使君上。罗敷指着鼻子斥责使君："使君一何愚，使君自有妇，罗敷自有夫"，言词爽快，泼辣。这样的直接描写能充分表现罗敷的勇敢性格。

间接描写，在诗中运用得很巧妙。所谓间接描写，就是从侧面、通过描写别的人或别的事物来描写主人公。用"行者"、"少年"、"耕者"见了罗敷所表现出的出神、倾倒的神色，以及使君一

两汉诗

见到罗敷就产生了邪念,来说明罗敷的美貌是多么惊人。更为高明的是,写罗敷拒绝使君,除去直骂"使君一何愚"外,她还机智地用"夸夫"的方法,声明自己的丈夫比使君强一百倍,言外之意就是,你使君算个什么东西,不值得我费心,这样说,就让使君自愧不如,彻底打消他与罗敷"共载"的美梦,从而达到自己拒绝使君的目的。

　　这首诗在思想内容和艺术表现上,成就都很高,是汉乐府中脍炙人口的作品,它流传到今天,仍为人们所喜爱。

长 歌 行

乐府民歌

青春园中葵，朝露待日晞①。

阳春布德泽，万物生光辉②。

常恐秋节至，焜黄华叶衰③。

百川东到海，何时复西归④？

少壮不努力，老大徒伤悲⑤。

①青青：植物生长旺盛时的颜色。葵（kuí）：向日葵。朝（zhāo）：早晨。待：等待。晞（xī）：晒干，干燥。

②阳春：温暖的春天。布：布施，给予。德泽：恩惠，好处。生光辉：焕发着生命的光彩。

③恐：担忧。秋节：秋天。至：到来。焜（kūn）：形容落叶枯黄的颜色。华：就是花。

④川：江河。百川：就是众多的河流。复：再次。复西归：就是返回的意思。

⑤少壮：指人的青少年时期。老大：上了年纪，指人的老年时期。徒：白白地，空的意思。

两汉诗

译过来

园中向日葵，叶子正青青，

清晨太阳晒，等待露水蒸。

春光无限美，恩泽献世中，

万事和万物，生命得旺盛。

心中有一怕，就怕秋来临，

树叶色枯黄，花朵惨凋零。

江河千百条，东流入海中，

何时能回流，江水向西行。

人当少年时，如果不努力，

待到老大后，悲伤一场空。

帮你读

这是一首告诫人们珍惜时间，努力学习的诗。

诗的开头两句，描写了自然景物。那园中的清新景象，引起了诗人许多的联想。

首先，诗人联想到自然界里，一切草木的兴盛和衰落。"阳春布德泽，万物生光辉"。温暖的春天到来了，它把自己的恩惠献给了大地。在阳光的照耀下，万物闪耀着青春的光彩。可是美好的春光是不会永留大地的。"常恐秋节至，焜黄花叶衰"，那时候，红花凋谢，绿叶枯萎，锦绣大地将变成一片萧瑟。这是自然规律，人们是无法抗拒的。

接着，诗人由草木的兴衰，又联想到江河的流逝，"百川东到

两汉诗

93

海，何时复西归"，江河滚滚，一去不返，这也是自然规律。

最后，诗人由江河流逝，进一步联想到时间的推移，总结为两句名言："少壮不努力，老大徒伤悲！"这两句诗点明了全诗的主题思想，意思是说：人的一生中，少年时代的光阴最为宝贵，光阴易逝，似水流年。所以就应当特别珍惜少年时代，早早立下远大的志向，不断地努力学习，奋发向上，切不要等到老年时才因虚度年华，一事无成而悔恨终生。

这首诗，不仅具有积极的思想教育意义，而且它的艺术成就也是很高的。它勉励人们珍重少年的时光，努力求学进步，不是用抽象的道理来进行干巴巴的说教，而是通过鲜明生动的景物形象和一系列比喻描写来表达诗意的。诗的最后两句，富有哲理，已成为名句而传诵至今。

东门行

乐府民歌

出东门,不顾归①,

来入门,怅欲悲②。

盎中无斗米储③。

还视架上无悬衣④。

拔剑东门去⑤,

舍中儿母牵衣啼⑥:

"他家但愿富贵,

贱妾与君共铺糜⑦。

上用仓浪天故⑧,

下当用此黄口儿⑨。

今非⑩!"

"咄!行⑪!

吾去为迟⑫!

白发时下难久居⑬。"

① 东门:东城门。指诗中主人公居住在城市的东门。同时,"东门"外象征山林,指劳动人民聚众反抗的地方。顾:回顾,考

虑。不顾归：就是离家后就不打算再归来。

②来入门：说的是已经出了东门，本打算不再回来了，但是由于内心很矛盾，还是回来了。怅（chàng）：失意的样子。

③盎（àng）：古代的一种腹大口小能装东西的瓦罐。储：储存。

④还（huán）视：回头看。架：衣架。悬：挂着。

⑤拔剑东门去：指第二次出东门。

⑥舍：房屋，家里。儿母：孩子的母亲，这里指诗中男主人公的妻子。啼：哭泣。

⑦妾（qiè）：古时女子对自己的谦称。贱妾：是妇女更进一步的卑称。君：对别人的尊称，就像现在所说的"您"。铺（bù）：吃。糜（mí）：粥。

⑧用：为了。仓浪：青色。仓浪天，就是青天，苍天。故：缘故。

⑨黄口儿：指婴儿。黄口：原意是小鸟的嘴。

⑩非：错误。

⑪咄（duō）：呵斥声。行：走开。

⑫吾（wú）：我。迟：晚。

⑬时下：不时脱落。

 译过来

出了东门找活路，

本不打算把家回。

放心不下转回来，

心中悲伤要流泪。

罐中没有半点米，

架上没有一件衣。

拔剑再出东门去，

妻子扯住伤心啼：

"人家但愿常富贵，

我要与你同吃粥。

看在老天爷份上，

为了怀中小儿郎，

今天决不能做此事！"

去！让我走吧！

今天才走已经晚。

白发常落苦难捱。

帮你读

　　这首诗通过对一家人悲惨生活的描写，反映了封建社会的黑暗和人民生活的无比痛苦，揭示出"官逼民反"的深刻道理。

　　诗写得非常朴实、生动，有读到什么就看见了什么的感觉。"盎中无斗米储，还视架上无悬衣"，两句话就把家境的贫困程度概括出来了，连吃、穿这些生活必需品都没有，那他家里还能有什么呢？很明显，这是一个一无所有的家庭。对这样的生活，诗中的男主人实在是忍无可忍了，于是"拔剑东门去"。紧接着又是一句朴实生动的描写："舍中儿母牵衣啼"，在封建制度下，家中的困苦如果不能叫男人再忍受下去，那女人的处境就更是难上加难了。所以,她牵住丈夫的衣服,不让他离去。她边哭边叙说,这悲惨的情景如同在眼前一样。

这首诗还有一个特点,就是用人物的对话来刻画人物的性格。全诗三段中,有两段是用夫妇二人的对话写成的。这些对话的语言很传神,一看内容就知道是写谁的。"上用仓浪天故,下当用此黄口儿。"第一说到天,第二就说到孩子,这无疑是孩子的母亲。"他家但愿富贵,贱妾与君共餔糜",誓与丈夫共寒苦,这是一个善良而又贫穷的妇女特有的语言。"咄!行!吾去为迟!白发时下难久居",语气粗鲁直截了当,一看就知是丈夫说的,表现出的是他性格刚烈,正直豪爽,敢于抗争,也说明他被贫穷的生活压迫得抬不起头,只有一拼了之的境况。

两汉诗

妇 病 行

乐府民歌

妇病连年累岁，传呼丈人前一言①。
当言未及得言，不知泪下一何翩翩②！
"属累君两三孤子③，
莫我儿饥且寒，有过慎莫笪笞④。
行当折摇，思复念之⑤！"

乱曰⑥：
抱时无衣，襦复无里⑦。
闭户塞牖，舍孤儿到市⑧。
道逢亲交，泣坐不能起⑨。
从乞求与孤买饵⑩。
对交啼泣，泪不可止⑪。
"我欲不伤悲不能已⑫。"
采怀中钱持授交⑬。
入门见孤儿，啼索其母抱⑭。
徘徊空舍中⑮。
"行复尔耳⑯！
弃置勿复道⑰。"

① 累岁：好几年。传呼：叫唤。丈人：丈夫。前：到跟前来。一言：说一句话。

② 当：正要。言：说。未及：没来得及。得：完成。一何：多么。翩（piān）翩：这里形容眼泪流落不止的样子。

③ 属：就是"嘱"，嘱托，托付的意思。累：拖累、牵累。孤子：失去母亲的孩子。

④ 莫：不要使得。且：并且，又。过：过错。慎：谨慎，千万注意。莫：与前个"莫"的意思有区别，这里当"不要"讲。笞（dá chī）：打人用的竹鞭，这里是"打"的意思。

⑤ 行（xíng）当：即将，很快就要。折摇：就是夭折，没有成年就死掉了。思复念：经常地思念。之：代词，指孤儿们。

⑥ 乱曰：古代乐曲终了时的结语，就像现在所说的"尾声"。

⑦ 抱时无衣：这句是说本想抱着孩子出门，但孩子却没有衣服。襦（rú）：短袄。里：里子。指衣服的里层。

⑧ 牖（yǒu）：窗户。塞牖：堵好窗户。舍：丢开，离开。市：集市，市场。

⑨ 道逢：路上遇见。亲交：亲近的朋友。泣（qì）：有声无泪地哭。

⑩ 从：就。乞求：请求。与：给，为。饵（ěr）：指糕饼一类的食物。

⑪ 交：指前面所说的"亲交"。

⑫ 已：止住。

⑬ 采：掏，把手伸进去取东西。持：拿着。授：授给，授予。持授交：拿出钱交给朋友。

⑭ 索：寻找。

⑮ 徘徊（pái huái）：来回地走动。空舍：空空荡荡的房屋。

⑯ 行：即将。复：又。尔：这样。耳：感叹词。这句是说过不多久，孩子的命运也要像他妈妈一样了。

⑰ 弃置：丢开，放在一旁。勿：不要。道：讲说。这句是说，干脆丢开，不去提它吧！

译过来

妇人病倒不起好多年，
一日把丈夫叫到跟前。
有话要讲没来得及讲，
不觉泪水早已涟涟。
"拖累你几个没娘的儿，
不要让他们忍饥受寒，
有错也万不能挥竹鞭。
我很快就要离你死去，
我将常把孤儿们思念。"

尾声：
抱起孩子没衣遮身体，
短衣没有里怎能御寒；
只好关上房门堵上窗，

两汉诗

丢下孩子自己去市场。

半路上遇见亲朋好友，

哭坐路边痛断我心肠。

求友人为孩子买糕饼，

边说边哭啼泣不成语。

泪水不断打湿我衣裳。

"我心中的悲哀止不住"，

掏出钱放在朋友手上。

回家看见孩儿好可怜，

哭着闹着定要找亲娘。

空房中团团转没法想，

"你们和妈妈将一个样。

丢开伤心事不要再讲！"

帮你读

汉乐府的特色之一，是"缘事而发"。所谓缘事而发，就是对现实生活中的某些事情有所感慨，就在诗中抒发出这些感慨。《妇病行》就是这样一首"缘事而发"的叙事诗。

这首诗用了两个部分来反映一家人的悲惨遭遇。

第一部分，写一个长期患病卧床不起的妇女，在即将离开人世的时候，把几个孩子托付给丈夫的情景。从神志（泪下翩翩）到语言（思复念之），都写得简洁清楚。

后一部分，写病妇死后，丈夫承担起抚养孩子的重任。然而，因为贫穷，他没有办法实现妻子的临终嘱托："莫我儿饥且寒。"所以当他在见到亲朋好友的时候，竟"泣坐不能起"。回家后，孩子又追着他要母亲，他悲愤无奈，说出一番令人心酸的话，读者读到这儿，也要为他的悲惨处境流泪了。

　　这首诗只写了一个家庭的困苦生活，但它却反映了封建社会中千百万劳动人民的悲惨遭遇。管中窥豹，可见一斑。贫穷，才是当时人民生活的实质。这就有力地把矛头指向封建社会，提出了一个严肃的社会问题。

两汉诗

孤 儿 行

乐府民歌

孤儿生①,孤子遇生,命独当苦②!

父母在时,乘坚车③,驾驷马④。

父母已去⑤,兄嫂令我行贾⑥。

南到九江⑦,东到齐与鲁⑧。

腊月来归⑨,不敢自言苦。

头多虮虱⑩,面目多尘⑪。

大兄言办饭⑫,大嫂言视马⑬。

上高堂⑭,行取殿下堂⑮,孤儿泪下如雨。

使我朝行汲⑯,暮得水来归⑰,

手为错⑱,足下无菲⑲。

怆怆履霜⑳,中多蒺藜㉑。

拔断蒺藜肠月中㉒,怆欲悲㉓。

泪下渫渫㉔,清涕累累㉕,

冬无复襦,夏无单衣。

居生不乐㉖,不如早去㉗,下从地下黄泉㉘!

春气动㉙,草萌芽㉚。

三月蚕桑㉛,六月收瓜㉜。

将是瓜车㉝,来到还家㉞。

瓜车反覆⑮，助我者少㊱，啖瓜者多㊲。

愿还我蒂㊳，兄与嫂严，

独且急归㊳，当兴校计㊵。

乱曰：

里中一何谈谈㊶，愿欲寄尺书㊷，

将与地下父母㊸，兄嫂难与久居㊹！

讲一讲

① 生：出生。孩子来到世上，父母去世了，孩子便成了孤儿。

② 孤子：就是孤儿。遇：碰到。遇生：就是遇到了不幸的处境。命独当苦：命里注定要做孤儿受苦。

③ 坚车：坚固而美丽的车。

④ 驷（sì）：古代同拉一辆车的四匹马。

⑤ 去：去世，死亡。

⑥ 贾（gǔ）：商人。行贾：出外做买卖。

⑦ 九江：九江郡，在今天的安徽省寿县。

⑧ 齐鲁：地名，泛指今天的山东省境内的地方。

⑨ 腊月：冬季的十二月。

⑩ 虮虱（jǐ shī）：虱是一种寄生在人和畜身上的小昆虫，吸食血液，能传染疾病。虮：是虱的卵。

⑪ 面目：脸上。尘（chén）：尘土，飞扬的灰土。

⑫ 言：命令，呼叫。饭：备办饭菜。

⑬ 视马：照料牲畜，喂马。

⑭ 高堂：正屋，大厅。

⑮ 取：就是"趋"，急步走路，小跑。殿（diàn）下堂：正厅下面的侧屋。

⑯ 朝行汲（jí）：清晨到远处去打水。

⑰ 暮（mù）：傍晚的时候。

⑱ 错：就是"皵（què）"，皮肤皴（cūn）裂。

⑲ 足下：脚下。菲：草鞋。

⑳ 怆（chuàng）：形容悲伤的样子。履（lǚ）：践踏。

㉑ 蒺藜（jí lí）：一种有刺的野草。

㉒ 肠月：肠，就是腓肠，脚后胫。月：是古代的"肉"字。

㉓ 怆（chuàng）：悲伤。

㉔ 渫（dié）渫：形容泪落不断的样子。

㉕ 涕：鼻涕。累累：连续不断。

㉖ 居生：生活在人间。

㉗ 早去：早一点离开，就是早一点死去。

㉘ 下从：在地下跟随父母。黄泉：地下的泉水，指人死后埋葬的地方。

㉙ 春气动：春天到来，暖气上升了。

㉚ 萌芽：刚刚长出芽。

㉛ 蚕桑：这里是养蚕、采桑的意思。

㉜ 六月收瓜：六月的时候，瓜成熟了，要摘瓜收瓜。

㉝ 将：推。是：这。

㉞ 来到还家：向着回家的路上走来。

㉟ 反覆：就是翻覆，瓜车翻倒在地。

㊱ 者："……的人"的意思。助我者少，就是帮助我的人少。

㊲ 啖（dàn）：吃。

⑱ 蒂（dì）：花或瓜果与枝茎相连的部分，这里指瓜把儿。愿还我蒂：希望把瓜把儿还给我。

⑲ 独且：即将。

⑳ 兴：生。校计：就是计较。

㉑ 里中：家中。一何：多么。诮诮（náo）：高声喊叫、怒骂的声音。

㉒ 尺书：又叫"尺素"，就是书信。当时的人把信写在一块洁白的绸绢上。

㉓ 将与：寄给。

㉔ 兄嫂难与久居：难与兄嫂长时间生活在一起。

一个孤儿生活在人世间，

他的遭遇是这样的凄惨，

没有父母就难免受磨难。

想当年有那父母在身边，

乘坐的车儿美丽又牢坚，

四匹马儿又漂亮又强健。

看今天父母已经双双亡，

兄嫂派我去经商离家远，

跋涉千万里南面到九江，

吃尽万般苦东到齐与鲁。

寒冬腊月才让我回到家，

不敢诉苦衷悲哀哀心中咽。

路上辛苦头上长满虮虱，

满脸灰尘回来还没洗脸，

大哥就呼叫快备办饭菜，

大嫂又命令去把马照看。

堂上堂下奔跑忙个不停，

我流着眼泪把活儿紧干。

又叫我一早去远处担水，

等到傍晚才打水把家还。

天寒手冻裂脚下没草鞋，

更可悲赤脚行走踏霜雪。

踩着蒺藜好像踩着针尖，

拔不出的刺断在肉里边。

心里思量越来越悲伤，

泪水流不断鼻涕往下淌。

冬天里没有夹袄来御寒，

夏天没有单衣蔽体遮颜。

活在人世没有生活乐趣，

不如早死结束这些苦难。

去地下把我的父母来见。

春天来到草木长出嫩芽，

阳春三月又忙采桑养蚕。

酷夏里六月田中去收瓜，

推着瓜车走在回家路上，

不料想半路车翻瓜又落。

没有几个人把我来相帮，

一个个来抢瓜吃得正忙。

只求大家把瓜蒂还给我，

兄嫂严厉待我是硬心肠。

我必须马上赶路回家去，

兄和嫂一定要与我算账。

家中为什么一片叫骂声？

我要写信告诉死去爹娘：

兄嫂无情难和他们过长！

帮你读

《孤儿行》又叫《放歌行》。"放歌"的意思，就是打抱不平，心有感慨而放声歌咏。

这首《孤儿行》是汉乐府中很有特色的一篇作品，它反映有一家的父母死后，兄嫂用对待奴隶的办法虐待自己的弟弟。诗中每句话写的都是真实的事情，富有浓厚的生活气息，读来让人感动。

全诗分为三段，一共叙述了"孤儿"所遭受到的三件有代表性的事："行贾"、"行汲"、和"瓜车反覆"。诗人用"孤儿"自述的口吻，通过这三件事，讲了他所经历的苦难生活。读者可以从诗中看到孤儿辛酸的生活和眼中的苦泪，感受到他宁愿用死来结束这无法忍受的痛苦的心情。

汉代，商人的社会地位比较低下，有许多商人就是富贵人家的奴隶。实际上，这个"孤儿"不论是"行贾"、"行汲"还是养蚕摘瓜，他在家中的地位，已完全等同于一个奴隶了。这个意图是诗人在这首诗中着力表现的。

在我们的日常生活中，兄弟之情如同手足。特别在父母双亡后，兄嫂还应像父母亲一样担负起抚养弟弟的责任。可这首诗中兄弟的关系却恰恰相反，兄嫂狠毒地将弟弟当成奴隶使用。为了个人利益，封建社会里人与人的关系是很紧张的，亲人之间不但可以反目为仇，甚至可以杀人灭亲，在家族内制造阶级的对立、分化。这首诗中的兄嫂与孤儿的关系实际上就是奴役与被奴役的关系。

当然，这首诗的意义并不在于反映了一个孤儿的苦难生活，它的意义应该说是通过写一个孤儿的遭遇，说明整个汉代社会的阶级矛盾和阶级分化，这种矛盾与分化造成了整个社会苦乐不均的现象，也造成了人与人之间缺乏人情味的现象。

这首诗在写作上有很多特点，在此只强调一点，就是作者用了很多细节描写，使诗更加真实生动，如："上高堂，行取殿下堂"、"怆怆履霜，中多蒺藜。拔断蒺藜肠月中，怆欲悲！"及"瓜车反覆"一段，读起来让人觉得情景历历在目，更激起对孤儿悲惨遭遇的深切同情。

陇西行

乐府民歌

天上何所有？历历种白榆①。

桂树夹道生，青龙对道隅②。

凤凰鸣啾啾，一母将九雏③。

顾视世间人，为乐甚独殊④。

好妇出迎客，颜色正敷愉⑤。

伸腰再拜跪，问客平安不⑥？

请客北堂上，坐客毡氍毹⑦。

清白各异樽，酒上正华疏⑧。

酌酒持与客，客言主人持⑨。

却略再拜跪，然后持一杯⑩。

谈笑未及竟，左顾敕中厨⑪。

促令办粗饭，慎莫使稽留⑫。

废礼送客出，盈盈府中趋⑬。

送客亦不远，足不过门枢⑭。

取妇得如此，齐姜亦不如⑮。

健妇持门户，一胜一丈夫⑯。

① 何所有：有什么。历历：分明的样子。白榆：星名。本篇所说的星宿都是以植物或动物命名，诗人幻想它们是真的动植物。

② 桂树：也是星宿。道：指"黄道"。古人认为太阳绕地而行，黄道就是想像中的太阳绕地球的轨道。在这里，诗人幻想为天上的一条大道。青龙：星名。隅：旁。

③ 凤凰：星名。啾啾：叫声。将：率领。雏（chú）：幼小的鸟。

④ 顾：看。世间人：指地上的人，就是人世间的人。甚：极。独殊：特殊。

⑤ 好妇：美丽的女子。客：过路人。敷愉（fū yú）：和悦美丽。

⑥ 伸腰再拜跪：直起腰来行拜礼（抱手当胸，俯身），然后恢

两汉诗

复原来坐的姿势。古人坐时两膝着地,和今天人的跪相同。平安不(fǒu):是问平安不平安。

⑦ 北堂:古人把北堂当做正房。氍毹(qú shū):较粗的毛褥,就是毡。

⑧ 清白:指清酒、白酒。这句是说两种酒都有,随客人取用。樽(zūn):古代盛酒的器具。华疏:华,就是花。疏,分散。华疏:指倒酒的时候,酒泡聚在一起,泛出水纹,再逐渐散开。

⑨ 酌:斟酒。持与客:拿起来递给客人。客言主人持:是说客人请女主人先拿,先喝一杯。

⑩ 却略:稍稍后退。

⑪ 及:到。竟:终了。敕(chì):吩咐。中厨:里面的厨房。

⑫ 促令:促,是催促。令,是命令。办:准备。慎:千万。莫:不要。稽(jī):停留。

⑬ 废礼:好比说"终礼",行礼完毕。盈盈:轻松愉快的样子。趋:快步走。

⑭ 亦:也。枢(shū):门上的转轴。

⑮ 取:就是"娶"。如此:像这个(指好妇)。齐姜:春秋时,齐国国君的女儿,姓姜,她是高贵及美好女子的代称。

⑯ 健妇:指有男子气概、精明强干的女子。持门户:当家做主人。一胜一丈夫:胜过一个男子汉大丈夫。

译过来

什么东西在天空?

棵棵白榆齐整整。

桂树生在大道上，
东方青龙卧道旁。
凤凰鸣叫声啾啾，
一个凤凰子有九。
看看人间做什么，
为何如此大欢喜？
漂亮女子出迎客，
心喜脸上带悦色。
直腰跪拜礼周全，
还问客人可平安？
请客上堂入正房，
让客坐在地毯上。
清酒白酒都斟满，
杯中酒花一串串。
斟满酒杯递客人，
客说主人应先饮。
稍稍后退再拜跪，
然后端起酒一杯。
谈笑还没到兴头，
赶忙吩咐内厨房。
催促准备上饭食，
千万不要再拖延。
礼罢送客出门去，
轻快脚步府中行。

送客不远有分寸，
脚步都不出大门。
娶妻应娶这样人，
齐姜也要差几分。
健妇当家立门户，
胜过一个大丈夫。

　　这首诗由衷地赞美了一位能干的妇女，有一身持家的好本领。

　　诗取名《陇西行》，可能就是因为作者所写的是汉代陇西一带人民的生活。陇西地处中原通往西域的要道上，除正式的旅馆以外，居民住户往往也留部分旅客住宿。这里远离内地，封建礼教的束缚不像中原那样严重，妇女有较多的自由，所以，她们有施展自己才能的机会。

　　诗中所赞美的这位"好妇"，虽孤身一人，却积极、乐观。在诗人的笔下，她：容貌美，态度和悦；能应酬，好招待宾客，"……颜色正敷愉……问客平安不？"；礼貌待人，真诚待客，"请客北堂上……酌酒持与客"；送迎有礼，仪态大方、端庄，"送客亦不远，足不过门枢"。好妇的种种表现，使诗人万分惊讶。惊讶之余，他由衷地敬佩这位好妇，发出了"取妇得如此"的慨叹，并坚信如果娶了这样的好妇做妻子，那她一定能"胜一丈夫"。

　　在那个时代写这样一首赞美妇女的诗，真是难能可贵。封建社会一贯歧视妇女，主张"女子无才便是德"，而这首诗却充分地描绘了一个能干的妇女的光辉形象。这不仅是女子形象的真实再现，而且是人们尊重妇女，希望女子能像男子一样在社会上抛头露面做事的美好愿望。这其实是一种朴素的民主思想，代表着进步的历史潮流，这首诗的积极意义也正在这里。

艳 歌 行

乐府民歌

翩翩堂前燕，冬藏夏来见①。
兄弟两三人，流宕在他县②。
故衣谁当补？新衣谁当绽③。
赖得贤主人，览取为吾组④。
夫婿从门来，斜柯西北眄⑤。
"语卿且勿眄，水清石自见⑥。"
石见何累累，远行不如归⑦。

讲一讲

① 翩翩（piān）：形容动物轻快地飞舞。见（xiàn）：就是"现"，出现。

② 宕（dàng）：就是"荡"。他：另外的，其他的。

③ 故：旧的。绽（zhàn）：这里是缝制的意思。

④ 赖：依赖，依靠。贤主人：贤惠的女主人。览：就是"揽"，取。组（zhàn）：就是"绽"。

⑤ 夫婿（xù）：丈夫，指女主人的丈夫。斜柯：歪着身子。眄（miàn）：斜着眼看。

⑥ 语卿：告诉您。勿：别，不要。见：就是"现"。

⑦ 累累：重叠，一块压一块。归：回家。

 译过来

　　　　燕子在屋檐下轻快飞旋，
　　　　冬天藏起夏天它才露面。
　　　　我和我的兄弟两三个人，
　　　　漂泊流浪远在异乡他县。
　　　　旧衣服破了有谁给我补，
　　　　新衣服开线谁来给我连。
　　　　只得依赖贤惠的女主人，
　　　　取走破衣服穿针又引线。
　　　　恰巧她丈夫从外边回来，
　　　　歪斜着眼睛上下把我看。
　　　　"告诉你别再这样斜着眼，
　　　　河水清石头自然会看见。"
　　　　可水落石出又能怎样呢？
　　　　不如早回家和亲人团圆。

 帮你读

　　这是一首有浓厚生活气息的诗。它反映了当时人民生活的一个侧面。游子漂泊在外，没人关心，遇到了好心的女主人，帮自己缝了缝破了的衣服，还叫她的丈夫看到了。女主人的丈夫心胸狭窄，对她的行为表示了极大的不满，并把"流浪汉"轰走了。

这首诗虽然没有什么深刻的社会意义，但在艺术上，却有它自己的特点：一是写得自然、流畅。诗人并没有用尽心思遣词造句，他只是像讲故事似地脱口而出，讲自己流浪，讲遇到了好心的女主人，同时又遇见了她令人讨厌的丈夫，一气呵成，语言非常通顺，故事情节完整。二是运用了比、兴的手法。一开始先写景物："翩翩堂前燕，冬藏夏来见"，从这写开，由景及人，实际的意思是要说自己，像堂前的燕子一样，流浪在外，寄人篱下，过着不如意的生活。

艳歌何尝行

乐府民歌

飞来双白鹄,乃从西北来①。

十十五五,罗列成行②。

妻卒被病,行不能相随③。

五里一反顾,六里一徘徊④。

吾欲衔汝去,口噤不能开⑤。

吾欲负汝去,毛羽何摧颓⑥。

乐哉新相知,忧来生别离⑦。

蹋躇顾群侣,泪下不自知⑧。

念与君离别,气结不能言⑨。

各各重自爱,远道归还难⑩。

妾当守空房,闭门下重关⑪。

若生当相见,亡者会黄泉⑫。

今日乐相乐,延年万岁期⑬。

① 鹄(hú):鸿鹄,就是天鹅。乃:是。

② 十十五五:或十只一行,或五只一排。罗列:排列。

③ 妻:指一对天鹅中的母天鹅。卒(cù):就是突然,忽然的意思。被:遭受。随:跟随。

④ 反顾:回头看。徘徊:在一个地方来回地走。

⑤ 吾:我,指公天鹅。衔(xián):用嘴叼。汝:你,指母天鹅。噤(jìn):闭口。

⑥ 负:背着。摧:毁损。颓:就是秃的意思。

⑦ 哉:语气助词,相当于现代汉语里的"啊"。新相知:指其他伙伴。忧来:让人所担忧的、所忧虑的。

⑧ 蹋躇:就是踌躇,是徘徊的意思。群侣:指那些成双作对的同伴们。不自知:自己还不知道。

⑨ 念:想到。气结:哽咽说不出话来。

⑩ 各各:就是各自。重:珍重。

⑪ 妾:古代女子的谦称。下:加上,插上。重关:两道门栓。

⑫ 若：假若，如果。亡者：死了的话。会：会面，见面。

⑬ 乐相乐：为自己的幸福命运而感到愉快。延年：延长寿命。万岁期：一万年时间。

译过来

飞过双双白天鹅，

纷纷都从西北来。

罗列飞行齐整整，

十只成行五成排，

不料母鹅得暴病，

不能随行心力衰。

公鹅边飞边回头，

回头张望缓缓行。

我要衔你一道飞，

无奈嘴闭张不开。

我想背你一块去，

无奈羽毛又毁坏。

相亲相知多快乐，

想到别离多忧愤。

去留不定看伙伴，

不知泪水已湿怀。

想起与你离别事，

气塞哽咽不能言。

各人自重又自爱，

山高路远回家难。

今日我独守空房，

关门还插两道栓。

如果活着定相见，

死去相见在黄泉。

今天因乐而欢乐，

生命长寿延万年。

 帮你读

这是一首感情十分真挚的乐府诗歌。作者用了古诗中常用的比、兴手法，用双飞的白鹄起兴，进而写一对相爱的夫妻。所不同的是，这首诗不像其他的诗那样，用一句话来起兴，下面紧接着就进入正题，如《孔雀东南飞》："孔雀东南飞，五里一徘徊。'十三能织素，十四学裁衣'……"，而《艳歌何尝行》却是用一个完整的故事起兴。这个故事说：一群白天鹅从西北方向飞来，其中有一对天鹅，雌的突然得了重病，她无法随雄天鹅与大家一道继续飞行了。雄天鹅见此情景，心中万分焦急。他不忍离开雌天鹅，想衔着她一道飞去，可无奈嘴闭着张不开；他又想背着她一道飞去，而翅膀上又受了伤背不动，他只能眼睁睁着她掉队。别的伙伴们快乐地在一起，只有他们这一对生离死别。因此，他的泪水不知不觉地流了出来。作者用了这么多的笔墨来写这一对相爱的鸟，目的是要写下面一对相爱的人。从"念与君离别"到"亡者会黄泉"讲的是一对夫妻。前面四句，是丈夫对妻子讲的：想到要与你分别了，我难过得说不出话来，我们各自珍重吧，我

这一去路远难还。后面四句,是妻子的回答:从此剩下我一个人,我要闭门独居,不与别人来往。如果我们都活着,就一定有相见的那一天,如果死了,那就到黄泉之下去相会吧。

用一个故事引出另一个故事,所唤起的读者的想像更加丰富、深刻,更加具体、形象。这个方法在这首诗中的运用是很成功的。

白头吟

乐府民歌

皑如山上雪,皎若云间月①。

闻君有两意,故来相决绝②。

今日斗酒会,明旦沟水头③;

蹀躞御沟上,沟水东西流④。

凄凄复凄凄,嫁娶不须啼⑤;

愿得一心人,白头不相离⑥。

竹竿何袅袅,鱼尾何簁簁⑦。

男儿重意气,何用钱刀为⑧。

① 皑(ái):洁白。皎(jiǎo):白而亮。这两句是说诗中女主人认为:人的爱情应该纯洁得像山上的雪,纯净得像云间的明月。

② 闻:听说。两意:二心。故:所以。决:别。绝:断。决绝:就是断绝的意思。

③ 斗酒会:斗:古代盛酒的器皿。会:相聚在一起。旦:天明,早晨。沟水头:沟边。

④ 蹀躞(xiè dié):迈着小步走路的样子。御沟:环绕皇宫围

墙的水沟。东西流：这里只指向东流。

⑤ 凄凄：流泪的样子。嫁娶：在此只指嫁。

⑥ 一心人：一心一意的人。

⑦ 竹竿：这里指钓鱼竿。袅袅(niǎo)：柔弱摆动的样子。簁簁(shī)：羽毛沾湿的样子。

⑧ 意气：情义。钱刀：钱币。

两汉诗

爱情应洁白像山上雪，

爱情应纯净似云间月。

听说你又爱上别的人，

我特到这与你来断绝。

今天喝酒是最后聚会，

明晨沟边做永远分别。

分手后我沿沟徘徊走，

任沟水涓涓向东流泻。

心中惨凄凄又凄惨惨，

新嫁女不必抱怨哭咽。

只要你得到个一心人，

跟他白头到老不分离。

钓鱼竿是那么细柔长，

钓上鱼是那么新又鲜。

男子对女子意气为重，

结婚姻何必为了财钱。

这首诗题为"白头",意思是比喻夫妻相爱一辈子。"吟"是当时歌曲的一种体裁。

这首《白头吟》是以女子口吻写成的。女子本有自己的爱情追求："皑如山上雪,皎若云间月",但不幸的是她自己的爱情恰恰与自己的理想相差很远。在对自己爱情悲剧的感受中,诗人找到了自己对爱情的认识："愿得一心人,白头不相离",更为可贵的是,女子在诗的最后几句中,大胆地对婚姻问题提出了自己正确的主张,批判买卖婚姻的不合理。"竹竿何袅袅,鱼尾何簁簁",这里语意双关,是用比喻的方法,既是描绘人们用竹竿钓鱼时,钓竿柔长,深入水中,鱼儿上钩后,摆动尾巴的样子,同时也是在讽刺感情不专一的男子,说他们对待爱情也像用竿钓鱼一样,是用钓饵去引诱鱼儿上钩,实际上是一种欺骗行为。因此,她大声疾呼："男儿重意气,何用钱刀为!"这反映了诗人在婚姻问题上的进步思想。

这首诗的开头也采用了比、兴的写法,通过对自然景物"雪"和"月"的描写,以引起自己对爱情的联想。写作上,还注意了细节的前后照应,用"一心人"来对"有两意",这都是诗人在写作时下的功夫。

怨 歌 行

乐府民歌

新裂齐纨素,鲜洁如霜雪①。
裁为合欢扇,团团似明月②。
出入君怀袖,动摇微风发③。
常恐秋节至,凉飙夺炎热④。
弃捐箧笥中,恩情中道绝⑤。

① 裂：剪下。新裂，是说刚从织机上扯下来。齐：战国时代的齐国，在今天的山东省境内，出产的丝织品很有名。纨（wán）、素：都属于绢，但纨比绢更精细。齐纨素，是泛指精美的绢。鲜洁：鲜明洁白。

② 合欢：古代一种对称的花纹图案，这里用来象征和美、欢乐。合欢扇：就是两面绘有合欢图纹的扇子。团团：圆圆的意思，指合欢扇的形状是圆的。似：好像。

③ 君：您，是古代对一般男子的尊称。怀袖：衣襟和袖子，这里可以理解为身边。动摇：摇动扇子。微风：小风。发：产生。

④ 常恐：经常担忧。秋节：秋天。至：到来。飙（biāo）：疾风。凉飙：凉爽的秋风。

⑤ 弃捐：丢开，抛开。箧笥（qiè sì）：装衣服的竹箱子。箧是长方形的，笥是方形的。中道：中途。绝：断绝。

新剪的美丽丝绢，

洁白得如霜似雪。

把它裁成合欢扇，

圆圆像天上明月。

出入于您的衣袖，

摇动有微风吹拂。

最怕那秋天来临，

炎热被凉风送别。

扇子扔在竹箱中，

把往日的情断绝。

　　这是一首咏物诗。诗人写的是扇子的遭遇：新做成的扇子，质地好，形象美，深受人们的喜爱，人们把它揣在袖中，不时拿出来摇一摇，就有轻风掠过。然而秋天一到，秋风就要取代扇子风，扇子就再也没有什么用处了。于是扇子被扔进箱中，从此被人们遗忘。然而，在这里，诗人实际上通过写扇子表现的是妇女的命运。封建社会的妇女，就像扇子一样，在年轻貌美的时候，很被男人喜爱，一旦她们老了，有人取代了，她们就会被男人抛弃，落得个悲惨的结局。

　　通过这首诗的描绘，我们可以看到封建社会中男女不平等给妇女造成的痛苦有多大，诗人也正是在这种痛苦的逼迫下，写了这首诗，寄托自己的思想感情。在封建社会中，妇女深受歧视，她们不能参与政治，经济上又不独立，生活完全依附于男人。因此，虽然同样是人，她们却处处处于被动的地位，随时会被抛弃，过悲惨的生活。诗人借"纨扇"来比喻被欺压的妇女，为她们鸣不平，是对压迫妇女的封建制度提出的抗议。

悲 歌

乐府民歌

悲歌可以当泣,远望可以当归①。

思念故乡,郁郁累累②。

欲归家无人,欲渡河无船。

心思不能言,肠中车轮转③。

① 当(dàng):充当,代替。泣(qì):哭泣。

② 郁郁:忧愁、苦闷的样子。累累:心情无聊,不得意的样子。

③ 不能言:没法说。车轮转:像车轮一样翻转。

唱一支悲哀的歌曲,

代替我无声的哭泣。

望一眼遥远的天际,

就算我已经回家去。

日夜思念我的故乡,

忧愁苦闷心中无绪。

想回家家中没亲人，

想渡河河中没船济。

心中的愁思说不出，

像车轮翻来又覆去。

这是一首写思乡的诗。诗人用淳朴自然的诗句，写出了游子思乡的那种深切百转的不尽愁思。

开始一句："悲歌可以当泣，远望可以当归"很有气势，仿佛悲泣的情绪在心中孕育了很长时间，到此刻才破口而出，而且一出口就是一曲慷慨的悲歌，直抒胸臆，牵动着读者的心。接下来诗一改六言为四言和五言，叙述自己压抑的思乡之情。作者用"郁郁累累"来形容自己对故乡的思念，用词很奇特。"郁郁"和"累累"本都有忧愁的意思，而"郁郁"加"累累"，不仅表示忧愁和失望，而且让人觉得这忧愁和失望是重重叠叠的，解不开的。

最后两句："心思不能言，肠中车轮转"把开头的气势一转，变凄然为哀婉。为什么"心思不能言"呢？那是因为悲伤到了极点，才欲哭无泪，欲说无言。不能言，却还能思，于是愁思全在心中，有如车轮转动，一遍一遍，没有停顿的时候。

这首诗不长，作者在遣词造句上下了功夫。因此，这首诗很能打动读者的心。

两汉诗

孔雀东南飞

乐府民歌

孔雀东南飞，五里一徘徊①。

"十三能织素，十四学裁衣②，

十五弹箜篌，十六诵诗书③。

十七为君妇，心中常苦悲④。

君既为府吏，守节情不移⑤。

鸡鸣入机织，夜夜不得息⑥。

三日断五匹，大人故嫌迟⑦。

非为织作迟，君家妇难为⑧！

妾不堪驱使，徒留无所施⑨。

便可白公姥，及时相遣归⑩。"

① 古诗说到夫妇离别往往用双鸟起兴。所谓"起兴"，就是从某一件事说起。这句是说：孔雀东南飞去，可是留恋它的伴侣一边飞一边回头看。

② 十三：说的是"十三岁"，以下同。素：白色的丝织品。

③ 箜篌（kōng hóu）：古代的一种乐器，像瑟而比瑟小。诵：念。诗、书：诗，指《诗经》，书，指《尚书》，这里泛指书籍。

④ 为：做了。君：您，指诗中男主人公焦仲卿。君妇：就是您的媳妇。是指诗中女主人公刘兰芝，也就是焦仲卿的妻子。

⑤ 府吏：太守府中的小官。节：气节。情：夫妻间的感情。这句是说：丈夫做官忠于职守，不常回家。但他仍重夫妻间的感情。

⑥ 入机织：到织机上去织布。息：停止，休息。

⑦ 断：把织完的布从织机上截下来。匹（pǐ）：量词，当时布帛幅宽二尺二寸，长四丈为一匹。大人：长辈，这里是对焦仲卿的母亲的尊称。故：仍是。

⑧ 迟：慢。难为：难做，难当。

⑨ 妾（qiè）：古代妇女对自己的卑称。不堪（kān）：承担不了。驱使：指挥、使唤。徒：空，白白地。施：作用。

⑩ 姥（mǔ）：婆婆。焦仲卿的母亲是刘兰芝的婆婆。焦仲卿的父亲是刘兰芝的公公。公姥就是公婆，这里单指婆婆。白公姥：告诉公婆。及时：赶快。遣归：打发回娘家。

府吏得闻之，堂上启阿母⑪：
"儿已薄禄相，幸复得此妇⑫。
结发同枕席，黄泉共为友⑬。
共事二三年，始尔未为久⑭。
女行无偏斜，何意致不厚⑮。"
阿母谓府吏"何乃太区区⑯！
此妇无礼节，举动自专由⑰。
吾意久怀忿，汝岂得自由⑱。
东家有贤女，自名秦罗敷⑲。

可怜体无比，阿母为汝求⑳。
便可速遣之，遣去慎莫留㉑。"
府吏长跪告，伏惟启阿母㉒：
"今若遣此妇，终老不复取㉓！"
阿母得闻之，槌床便大怒㉔：
"小子无所畏，何敢助妇语㉕！
吾已失恩义，会不相从许㉖！"

⑪ 府吏：指刘兰芝的丈夫焦仲卿。闻之：听了妻子的这番话。启：禀告。阿母：指焦仲卿的母亲。

⑫ 薄禄相：古代人迷信，认为从人的面貌可以看出他的命运来。"薄禄相"是说自己是个穷苦相。幸复得此妇：幸亏娶了这个妻子。

⑬ 结发：古代男子二十岁，女子十五岁时，把头发扎结起来，表示已经成年。同枕席：指的是结婚。黄泉：地下，指死后。

⑭ 共事：共同生活。始尔：这只是开始。未为久：还没有长久。

⑮ 女：指焦仲卿妻子刘兰芝。行：行为。偏斜：不正当。何意：想不到。致：使得。不厚：不喜爱。

⑯ 何乃：何必这样。区区：固执死板，想不开。

⑰ 自专由：任情，自作主张。不向尊长请示而依照自己的意志去行动。

⑱ 吾：我。意：心中。怀：心里包藏着某种思想感情。忿(fèn)：愤怒。汝(rǔ)：你。岂：怎么能够。自由：由自己，意思和"自专由"相同。

⑲ 贤女：美丽、贤惠的姑娘。秦罗敷：古代美女的代称，不专指哪一位。这是说：东家的姑娘美貌出众。

⑳ 可怜：可爱。体：身体、相貌。求：求婚。

㉑ 速：迅速。遣之：打发走刘兰芝。慎：千万，一定。莫：不要。

㉒ 长跪：挺直了身子跪在地上的样子。伏惟：自谦的发语词，是做出的对长辈的恭敬样子。

㉓ 若：如果。终老：到了晚年，就是一辈子。复：再。取：就是"娶"，娶妻，结婚。

㉔ 槌床：敲打床。

㉕ 畏：畏惧。何敢：怎么敢。语：说话。

㉖ 失恩义：失去情意，恩断义绝。会：当然，将要。会不：决不。从许：允许。

府吏默无声，再拜还入户㉗。
举言谓新妇，哽咽不能语㉘。
"我自不驱卿，逼迫有阿母㉙。
卿但暂还家，吾今且报府㉚，
不久当归还，还必相迎取㉛。
以此下心意，慎勿违吾语㉜。"
新妇谓府吏："勿复重纷纭㉝！
往昔初阳岁，谢家来贵门㉞。
奉事循公姥，进止敢自专㉟？
昼夜勤作息，伶俜萦苦辛㊱。
谓言无罪过，供养卒大恩㊲。
仍更被驱遣，何言复来还㊳？
妾有绣腰襦，葳蕤自生光㊴；
红罗复斗帐，四角垂香囊㊵；
箱帘六七十，绿碧青丝绳㊶；

物物各自异，种种在其中㊷。

人贱物亦鄙，不足迎后人㊸，

留待作遗施，于今无会因㊹。

时时为安慰，久久莫相忘㊺！"

㉗ 拜：行礼。还入户：回到自己的房里。

㉘ 举言：开口讲话。新妇：妻子，指兰芝。哽咽：悲哀得说不出话来。

㉙ 自不：本来不愿意。驱：休弃。卿：你，这里是丈夫对妻子的爱称。

㉚ 但：只是。暂：暂时。报府：到郡府衙门办事。

㉛ 还（huán）：回家来。迎取：迎接。

㉜ 以此：为了这件事。下心意：安下心。勿：不要。违：违背，违反。

㉝ 勿复：不要再。重（chóng）：增加。纷纭：烦恼，麻烦。

㉞ 往昔：过去。初阳岁：一年中从冬至到立春这一段时间。谢：辞别。贵门：对丈夫焦仲卿家的尊称。

㉟ 奉事：行事。循：遵循，顺从。进止：行动。敢：哪里敢的意思。

㊱ 作息：操作和休息。勤作息，就是勤操劳。伶俜（líng pīng）：孤单的样子。萦（yíng）：缠绕。

㊲ 谓言：自认为。供养：侍奉。卒：尽心完成。大恩：婆婆对媳妇（指兰芝自己）的恩情。

㊳ 仍更：仍然经历或遭受。何言：还说什么。复来还：再回来。

㊴ 绣腰襦：绣花的短袄。葳蕤（wēi ruí）：形容花草茂盛。这里是说腰襦上的花纹绣得精美。

㊵ 红罗：罗是一种稀疏而松软的丝织品。复斗帐：像倒置的斗的形状的床帐。香囊（náng）：装上香料的囊袋。

㊶ 箱簾（lián）：装衣物的箱子。六七十：形容箱子很多。绿碧青：指深浅不同的各种颜色。

㊷ 异：不同的，有区别的。种种：一个种类一个种类的。

㊸ 鄙：庸俗，浅陋。不足：不配。迎：娶。后人：指焦仲卿将再要娶的媳妇。

㊹ 遗（wèi）施：赠送，给予。于今：从此以后。无会因：再没有见面的机会。

㊺ 时时：每时每刻。

鸡鸣外欲曙，新妇起严妆㊻。
著我绣裌裙，事事四五通㊼。
足下蹑丝履，头上玳瑁光㊽。
腰若流纨素，耳著明月珰㊾。
指如削葱根，口若含朱丹㊿。
纤纤作细步，精妙世无双(51)。
上堂谢阿母，母听去不止(52)。
“昔作女儿时，生小出野里(53)。
本自无教训，兼愧贵家子(54)。
受母钱帛多，不堪母驱使(55)。

今日还家去，念母劳家里⑤⑥。"
却与小姑别，泪落连珠子⑤⑦。
"新妇初来时，小姑始扶床⑤⑧；
今日被驱遣，小姑如我长⑤⑨，
勤心养公姥，好自相扶将⑥⑩，
初七及下九，嬉戏莫相忘⑥⑪！"
出门登车去，涕落百余行⑥⑫。

⑯ 外：窗外。曙：天亮。严妆（zhuāng）：穿戴打扮整齐。严：整齐，郑重。

⑰ 著：穿上。事事：指穿戴的事。四五通：反复好几次。通：遍。

⑱ 蹑（niè）：脚上穿着。履（lǚ）：鞋。玳瑁：一种像龟的爬行动物，甲可制成装饰品。

⑲ 若：像。流：动荡，像水一样的流转。纨素（wán sù）：质地轻柔的丝织品。著：系着。明月珰（dāng）：用明月珠做成的耳坠。珰：妇女戴在耳上的装饰品。

⑳ 指：手指。削葱根：削尖的葱白。古代说美女的手指细长、洁白，常用"葱根"来形容。朱丹：一种红宝石。含朱丹：是形容嘴唇的红艳。

㉑ 纤（xiān）纤：轻巧灵活的样子。作细步：迈着小步。无双：独一无二，没有可以相比的。

㉒ 谢：辞别，告辞。听去：任凭她离去。不止：不挽留。

(53) 出野里：出生在乡间。这里是谦词。

(54) 教训：教育培养。兼：更加。愧：惭愧。贵家子：您家的儿子，指焦仲卿。

(55) 受：接受。钱帛（bó）：钱财、布匹。帛：丝织品的总称。这里指当年结婚时收的彩礼。不堪：不配。

(56) 念：惦念。劳家里：在家辛勤操劳。

(57) 却：退转下来。小姑：丈夫的妹妹。连珠子：像珠子一样连结成串。

(58) 始扶床：是说小姑年纪还小，刚刚能够扶着床学走路。

(59) 如我长（cháng）：同我一样高了。

(60) 勤心：殷勤小心。扶将：照顾。

(61) 初七：夏历七月初七日，也就是“七夕”，是传说中每年牛郎织女相会的那天。下九：每月的十九日。“初七”、“下九”这两天，按照古代习惯，是妇女做游戏、欢聚的日子。

(62) 涕：眼泪。百余行：形容泪流满面的样子。

府吏马在前，新妇车在后(63)，
隐隐何甸甸，俱会大道口(64)。
下马入车中，低头共耳语(65)：
“誓不相隔卿(66)！且暂还家去(67)，
吾今日赴府，不久当还归，
誓天不相负(68)！”
新妇谓府吏：“感君区区怀(69)！
君既若见录，不久望君来(70)。
君当作磐石，妾当做蒲苇(71)；

蒲苇韧如丝，磐石无转移⑦。

我有亲父兄，性行暴如雷⑦，

恐不任我意，逆以煎我怀⑦！"

举手长劳劳，二情同依依⑦。

讲一讲

⑥ 马、车：马拉着车。府吏在车前骑着马，新妇在后面，坐在车中。

⑥ 隐隐、甸甸：车马行走的声音。何：多么。俱会：相见。

⑥ 下马入车中：仲卿下马，进到兰芝的车中。耳语：贴近耳边说话。

⑥ 隔（gé）：隔离开。

⑥ 且：暂且。

⑥ 誓天：指着天发誓。负：背约，背弃。

⑥ 区区怀：真诚的心意。

⑦ 若见录：这样地惦记。见：蒙、被。录：记。

⑦ 磐（pán）石：宽厚巨大的石头。蒲苇（pú wěi）：菖（chāng）蒲和芦苇，都是水草。

⑦ 韧：柔软而又结实。

⑦ 父兄：父亲和哥哥，这里专指兄。

⑦ 任：听任。逆：意料。煎：煎熬。

⑦ 举手：分手告别的动作。劳劳：忧伤。长劳劳：忧伤不止。依依：难舍难分的样子。

入门上家堂，进退无颜仪^⑦。

阿母大拊掌："不图子自归^⑦！

十三教汝织，十四能裁衣^⑧，

十五弹箜篌，十六知礼仪^⑦，

十七遣汝嫁，谓言无誓违^⑧。

汝今无罪过，不迎而自归^⑧？"

兰芝惭阿母："儿实无罪过^⑧？"

阿母大悲摧^⑧。

⑦ 入门：回到娘家。进退：出来进去见家里人。无颜仪：没有脸面。

⑦ 阿母：指刘兰芝的母亲。拊（fǔ）掌：拍手，表示惊讶。不图：没想到，不希望。子：你，指刘兰芝。自归：不去接而自己回来，就是说被丈夫家赶出来。

⑧ "十三"几句：就是诗的开始部分刘兰芝自己说的身世。

⑦ 礼仪：礼节和仪式，也就是道理。

⑧ 无誓违：不违背规矩和约束。

⑧ "不迎"句：古代女子出嫁以后，在一般情况下要娘家派人去接才能回家。自行回家是被赶出来的表现。

⑧ 惭阿母：惭愧地回答母亲。

⑧ 悲摧：因受到刺激而感到悲伤。

两汉诗

还家十余日，县令遣媒来㉞。

云有第三郎，窈窕世无双㉟。

年始十八九，便言多令才㊱。

阿母谓阿女："汝可去应之㊲。"

阿女衔泪答："兰芝初还时㊳，

府吏见丁宁，结誓不别离㊴。

今日违情义，恐此事非奇㊵。

自可断来信，徐徐更谓之㊶。"

阿母白媒人㊷：

"贫贱有此女，始适还家门㊸。

不堪吏人妇，岂合令郎君㊹？

幸可广问讯，不得便相许㊺。"

㉞ 县令：县官。遣：派。媒：媒人，替人说合婚姻的人。

㉟ 云：说。第三郎：指县令家的第三个儿子。窈窕：这里是形容身材、面貌好。

㊱ 便（pián）言：能说会道。令才：很高的才能。这几句是媒人夸耀县官儿子的话。

㊲ 阿女：指刘兰芝。应之：答应人家的求婚。

㊳ 衔（xián）泪：眼里含着泪。

㊴ 丁宁：叮咛，再三嘱咐。结誓：结下誓言，立誓。

㊵ 恐：恐怕。非奇：不妙，不好。

㊶ 断来信：谢绝媒人。徐徐：慢慢。更：再。谓：说。之：代词，指婚姻的事。

○92 白:告诉。

○93 贫贱:对自己家的谦称。是说自己门第不高。适:出嫁。还(huán):回。

○94 不堪:不能够,不配。岂:哪里。合:配得上。令郎君:指县令的儿子。

○95 幸:希望。广问讯:多方面地打听一下。便:就。相许:答应婚事。

媒人去数日,寻遣丞请还○96:

"说有兰家女,承籍有宦官○97。

云有第五郎,娇逸未有婚○98,

遣丞为媒人,主簿通语言○99。"

直说"太守家,有此令郎君○100,

既欲结大义,故遣来贵门○101。"

阿母谢媒人○102:

"女子先有誓,老姥岂敢言○103?"

阿兄得闻之,怅然心中烦○104,

举言谓阿妹:"作计何不量○105!

先嫁得府吏,后嫁得郎君○106,

否泰如天地,足以荣汝身○107。

不嫁义郎体,其往欲何云○108?"

兰芝仰头答:"理实如兄言○109。

谢家事夫婿,中道还兄门○110。

处分适兄意,那得自任专○111?

虽与府吏要，渠会永无缘⑫。

登即相许和，便可作婚姻⑬。"

媒人下床去，诺诺复尔尔⑭。

还部白府君⑮：

"下官奉使命，言谈大有缘⑯。"

府君得闻之，心中大欢喜⑰。

视历复开书："便利此月内⑱。

六合正相应，良吉三十日⑲。

今已二十七，卿可去成婚⑳。"

交语速装束，络绎如浮云㉑。

青雀白鹄舫，四角龙子幡㉒，

婀娜随风转。金车玉作轮㉓，

踯躅青骢马，流苏金镂鞍㉔。

赍钱三百万，皆用青丝穿㉕。

杂彩三百匹，交广市鲑珍㉖。

从人四五百，郁郁登郡门㉗。

讲一讲

⑯ 去：离开。寻：不久。丞：县丞，协助县令处理政务的官员。请：请婚。还：回来。

⑰ 承籍：继承祖辈的社会地位。宦官：做官的人家。

⑱ 娇逸(yì)：娇生惯养。

⑲ 主簿：太守府中主管文书档案的官员。通语言：传达太守的话。

⑩ 直说:直截了当地说。

⑩ 结大义:联结婚姻。贵门:对刘兰芝家的尊称。

⑩ 谢:谢绝。

⑩ 姥:年老的妇女。这里是刘母自称。岂:哪里。

⑩ 阿兄:指刘兰芝的哥哥。怅然:愤恨不满的样子。

⑩ 作计:打主意。量:考虑,权衡。

⑩ 府吏:指焦仲卿。郎君:指太守的公子。

⑩ 否(pǐ):坏运气。泰:好运气。如天地:一好一坏,有天地之别。荣:使荣耀、光彩。汝:你,指刘兰芝。

⑩ 义郎:对太守儿子的美称。往:以后的日子。欲何云:想怎么过。

⑩ 如兄言:正如哥哥所说的那样。

⑩ 谢家:辞别娘家。事:侍奉。夫婿:指兰芝的丈夫。中道:中途。

⑪ 处分:决定,处理。适:顺从。自任专:任凭自己做主。

⑪ 要(yāo):约定。渠(qú):他,指焦仲卿。缘:机会,缘由。

⑪ 登即:立即。许和:允许,同意。

⑪ 下床:离开座椅。诺诺:连声称是。尔尔:连声说就这样定了。

⑪ 还部:回到郡府里。白:告诉。府君:汉代对太守一类官员的称呼。

⑪ 下官:下级官员对上级的自称。言谈:指说媒这件事。缘:缘分,意思是谈成功了。

⑪ 闻之:听了媒人说的这件婚事。

⑪ 视历复开书:翻看历书。便:就。利:宜于。

⑪⑨ 六合：从子到亥的十二个时辰配起来都合适。良吉：好日子。

⑫⓪ 卿：上级对下级的爱称。成婚：准备婚礼。

⑫① 交语：互相传话。速：从速。装束：指筹办婚礼所用的东西。络绎（luò yì）：接连不断的样子。浮云：比喻人数众多。

⑫② 雀、鹄（hú）：都是鸟名。舫（fǎng）：船。青雀船、白鹄船：指富贵人乘坐的船。幡（fān）：旗帜。龙子幡：画着龙图的旗子。

⑫③ 婀娜（ē nuó）：轻轻飘动的样子。金车、玉轮：都是形容接亲车子的华贵。

⑫④ 踯躅（zhí zhú）：踏步不前的样子。青骢（cōng）马：是青白杂色的马。流苏：穗子，用丝线做成的一缕缕下垂的装饰品。金镂鞍：镶嵌着金边的马鞍子。

⑫⑤ 赍（jī）：送给。皆（jiē）：都，全部。青丝：穿钱的青线。

⑫⑥ 杂彩：各种颜色的丝绸。交广：交州和广州，指今天的广西、广东一带。市：购买。鲑（guī）：一种名贵的鱼。

⑫⑦ 从人：跟随着的人。郁郁：形容人很多。登郡门：齐集在郡府衙门伺候。

阿母谓阿女⑬⑩：
"适得府君书，明日来迎汝⑬②。
何不作衣裳？莫令事不举⑬⑨！"
阿女默无声，手巾掩口啼⑬①，
泪落便如泻⑬②。
移我琉璃榻，出置前窗下⑬③。
左手持刀尺，右手执绫罗⑬④。

朝成绣夹裙,晚成单罗衫⑬。

晻晻日欲暝,愁思出门啼⑬。

⑫ 阿母谓阿女:兰芝的母亲对兰芝说。

⑫ 适:刚才。书:信。

⑬ 何不:为什么还不。莫令:不要使得。事不举:事情来临时来不及办。

⑬ 手巾:手帕。掩口啼:捂着嘴哭,惟恐哭声被人听见。

⑬ 泻:很快地流。

⑬ 琉璃榻(tà):镶着琉璃的坐具。置:放置。

⑬ 刀、尺:剪刀和尺子。绫、罗:华贵的衣料。

⑬ 朝(zhāo):早晨。

⑬ 晻晻(yǎn):日光渐渐地昏暗。暝(míng):暮。

府吏闻此变,因求假暂归⑬。

未至二三里,摧藏马悲哀⑱。

新妇识马声,蹑履相逢迎⑲。

怅然遥相望,知是故人来⑩。

举手拍马鞍,嗟叹使心伤⑪:

"自君别我后,人事不可量⑫。

果不如先愿,又非君所详⑬。

我有亲父母,逼迫兼弟兄⑭。

以我应他人,君还何所望⑮!"

府吏谓新妇:"贺卿得高迁⑭!
磐石方且厚,可以卒千年⑭;
蒲苇一时韧,便作旦夕间⑭。
卿当日胜贵,吾独向黄泉⑭。"
新妇谓府吏:"何意出此言⑮!
同是被逼迫,君尔妾亦然⑮。
黄泉下相见,勿违今日言⑮!"
执手分道去,各各还家门⑮。
生人作死别,恨恨那可论⑮!
念与世间辞,千万不复全⑮。

讲一讲

⑬⑦ 府吏:指焦仲卿。变:变化。求假:告假,请假。

⑬⑧ 摧藏:形容悲哀到了极点。马悲哀:指马哀鸣。

⑬⑨ 新妇:指刘兰芝。蹑履:轻步走出。

⑭⓪ 遥相望:远远地对望。故人:熟悉的人,指焦仲卿。

⑭① 嗟叹:叹息。

⑭② 量:意料。

⑭③ 果不如先愿:果然不如以前希望的。非:不是。详:知道详细的情形。

⑭④ "父母"和"兄弟",都是偏义复词,说的只是母亲和哥哥。

⑭⑤ 以:把。应:许配,嫁给。何所望:还指望什么。

⑭⑥ 贺:祝贺。这里是反语,表示焦仲卿的激愤。得高迁:攀了高枝。

⑭ 且:而且,又。卒:完成,直到。

⑭ 旦夕:旦,早晨;夕,晚上。旦夕间:一天中,早晨到晚上的时间,比喻时间很短。

⑭ 日胜贵:一天天富贵起来。胜:指生活好。贵:指身份高。独:独自,一个人。向黄泉:走向地下,指死亡。

⑮ 何意:什么意思。

⑮ 君尔妾亦然:你这样,我也是这样。尔、然,都是"如此"的意思。

⑮ 违:违背。今日言:今天所说的话。

⑮ 执手:握手。分道:各走各的路。

⑮ 生人:活着的人。死别:与死人的离别,诀别。恨恨:极度的怨恨。那可论:怎么能够说得出来。

⑮ 世间:人世间。辞:别。全:保全生命。

府吏还家去,上堂拜阿母⑮:
"今日大风寒,寒风摧树木⑯,
严霜结庭兰⑯。
儿今日冥冥,令母在后单⑯。
故作不良计,勿复怨鬼神⑯!
命如南山石,四体康且直⑯。"
阿母得闻之,零泪应声落⑯:
"汝是大家子,仕宦于台阁⑯,
慎勿为妇死,贵贱情何薄⑯?
东家有贤女,窈窕艳城廓⑯,
阿母为汝求,便复在旦夕⑯。"

府吏再拜还，长叹空房中⑯，

作计乃尔立⑱。

转头向户里，渐见愁煎迫⑲。

⑯ 阿母：这里是焦仲卿的母亲。

⑰ 摧：摧毁。

⑱ 严霜：浓厚的霜。结：冻结。庭兰：庭院里种植的兰花。

⑲ 日冥冥：太阳落山。单：孤单。

⑳ 故：有意。不良计：最坏的打算。勿复：不要再。怨：抱怨。

㉑ "命如……"两句：是焦仲卿对母亲的祝愿。"南山"，比喻高，"石"，比喻强健。"四体"，即四肢，这里指身全。康：康宁。直：顺当，舒展。

㉒ 零泪：断断续续滴落下来的眼泪。应：随着。

㉓ 仕宦：做官。台阁：古代中央政府所在地。

㉔ 慎勿：千万不要。贵贱情何薄：你的身份比她高贵，休弃了她，有什么薄情的？

㉕ 艳城廓：城里城外只有她长得最漂亮。

㉖ 便复在旦夕：一天之内就可以办成。

㉗ 空房：因兰芝已走，所以房子成了空房。

㉘ 作计：打主意。乃尔：如此，这般。立：定。

㉙ 户里：指母亲的住房。渐：逐渐。见：被。愁煎迫：心中被忧愁煎熬逼迫。

其日牛马嘶,新妇入青庐⑰。

庵庵黄昏后,寂寂人定初⑰。

"我命绝今日,魂去尸长留⑰。"

揽裙脱丝履,举身赴清池⑱。

府吏闻此事,心知长别离⑭,

徘徊庭树下,自挂东南枝⑮。

⑰ 其日:那天,指刘兰芝再嫁的日子。嘶:叫。新妇:指刘兰芝。青庐:古代用青布搭成的、举行婚礼用的帐篷,即喜棚。

⑰ 庵庵(ān):光线昏暗。寂寂(jì):非常安静。人定初:指夜深人静的时候。

⑫ 绝:断绝,指死亡。

⑬ 揽:撩起。举身:纵身。赴:走向,这里是投水自杀。

⑭ 长别离:永远分离。

⑮ 自挂:自己把自己挂在树枝上,就是上吊自杀。

两家求合葬,合葬华山傍⑯。

东西植松柏,左右种梧桐⑰。

枝枝相覆盖,叶叶相交通⑱。

中有双飞鸟,自名为鸳鸯⑲,

仰头相向鸣,夜夜达五更⑳。

行人驻足听,寡妇起彷徨㉑。

多谢后世人,戒之慎勿忘㉒!

　　⑯ 合葬：是说把焦仲卿、刘兰芝仍作为夫妇，埋葬在一起。华山：是指庐江一带的一座小山。

　　⑰ 松、柏、梧桐：古代坟墓旁多种植这三种树木，作为标志，象征常青。

　　⑱ 交通：交错。

　　⑲ 鸳鸯（yuān yāng）：鸟名，雌雄相依不离，这里用来比喻夫妻。

　　⑳ 相向：对着。达：到。五更：天亮前的一段时间。

　　㉑ 行人：过路的人。驻足：停下脚步。寡（guǎ）妇：失去丈夫的女人。彷徨：徘徊。

　　㉒ 多谢：再三劝告。戒之：引以为戒。

　　　　孔雀在天空中飞行，
　　　　五里徘徊十里哀鸣。
　　　　"十三岁学会织素绢，
　　　　十四岁学成裁和缝，
　　　　十五岁能弹箜篌曲，
　　　　十六岁能诵'诗''书'。
　　　　十七岁成为您新娘，
　　　　心里经常苦闷悲伤。
　　　　您是朝廷的一官人，
　　　　忠于职守忠贞爱情。

雄鸡鸣晓我上织机，
夜夜纺织我手不停。
三天能截下五匹布，
婆婆还说我慢腾腾，
不是我织作慢腾腾，
作您家儿媳也太难。
受她的摆布难忍受，
白留在这里没有用。
因此可以对公婆说，
及早地把我相遣送。"

焦仲卿听了这番话，
到屋内向老母启禀。
"儿子的面相没福分，
幸亏娶兰芝做夫人。
夫妻结合已经成婚，
死后也是好友至亲。
共同生活才两三年，
刚刚开始还太短暂。
儿媳的行为无不正，
没料到您会不喜欢。"
仲卿的母亲说仲卿：
"你为何这样不开通！
这个妇人没有礼节，
做事总由着她的性。

我心里早就有不满，
这事岂能你说了算。
东边邻家有贤淑女，
秦罗敷便是她芳名。
可爱的美貌无人比，
母亲我替你去求婚。
马上把兰芝遣回家，
千万别再留我家中。"
焦仲卿跪着把话讲，
恭恭敬敬说与母亲：
"今天如果遣走兰芝，
一直到老我不再婚！"
老母听儿子如此说，
拍床大怒如发雷霆：
"小子你什么都不怕，
怎敢帮媳妇来说情！
我已失去对她的意，
决不会把你来依从！"

仲卿默默不再出声，
再拜母亲回到房中。
要开口与兰芝说话，
说不出来喉头发哽：
"我本意决不会赶你，
无奈老母亲要逼迫。

你先暂时回到娘家，
我要去庐江府当值。
时间不长就会回还，
回来马上把你接迎。
你定下心来等一等，
千万别违背我言语。"
刘兰芝告诉焦仲卿：
"不要把麻烦再添增！
那年冬来气候将春，
辞别我家进你家门。
做事依寻公婆意愿。
行动哪敢自做主张？
白天黑夜勤恳劳动，
孤苦伶仃伴着苦辛。
我以为我没有过错，
侍奉婆婆以报大恩。
就是这样还被驱遣，
还说什么再把我迎？
我做了个绣花短袄，
花色繁多光辉自生；
红罗做成双层方帐，
四角垂着溢香香囊。
嫁妆共有六七十箱，
碧绿的丝绳来扎捆。
样样物品都不相同，

不同的种类装其中。
人要轻贱物也薄轻，
不足以迎接后来人。
留给你随便把人赠，
今起不能再见到您。
时时会拿你作安慰，
永在心中我不忘情。"

雄鸡高唱窗外将明，
兰芝起床梳妆认真。
穿上我做的绣袷裙，
件件都试它四五通。
脚下穿上绣花的鞋，
头上戴着玳瑁的簪。
细腰好像白绢流动，
明月珰坠耳亮晶晶。
细手如葱根白又嫩，
红嘴唇似把朱丹含。
纤纤柔柔迈着细步，
精妙绝美举世无双。
上正屋与婆婆告辞，
婆婆任她去不挽留。
"过去做姑娘未嫁时，
生长乡野身贱轻微。
又没人教育和指点，

更愧嫁贵家子仲卿。
接受您赠的钱帛多，
不能被您随心使用。
至今日只得回家中，
念婆婆在家劳作苦。"
退下来再与小姑别，
眼泪像珠子往下滚。
"我刚进你们焦家门，
小姑你扶床刚走动。
今日被遣回我娘家，
小姑已和我一样高。
尽心照顾父母大人，
还要好好照顾自身。
初七下九游戏之时，
游戏玩耍别把我忘！"
出门上车离开焦家，
眼泪鼻涕落下行行。
焦仲卿在前坐马旁，
刘兰芝在后坐车中。
只有车行发出声音，
大道口上来把车停。
仲卿下马进到车中，
低头耳语声音轻轻：
"发誓不与你相隔分，
你先暂时回到家中。

我今到府中去办公，
不久就回来把你迎。
向天发誓不辜负卿！"
兰芝说话与仲卿听：
"忠诚的心令我感动。
你如果还能记得我，
希望不久能见到您。
夫君您应该做磐石，
为妻我定要做蒲苇。
蒲苇温柔中带坚韧，
磐石坚定中有刚劲。
在家我有亲生兄长，
性情暴烈常如雷鸣。
恐怕不能遂我心愿，
逼我痛苦地服从他。"
举手相握难舍难分，
两情依依感人心怀。

回到娘家进了正堂，
进退都觉没脸见人。
阿母拍掌惊讶万分：
"没料到你自回家门。
十三岁教你学纺织，
十四岁教你学裁缝，
十五岁你把箜篌弹，

十六岁礼仪你全明，
十七岁把你嫁仲卿，
想你不会有错举动。
为什么自回不等迎？"
兰芝惭愧地对母说：
"兰芝儿实在无错行。"
老母亲悲痛暗伤心。

回家刚刚才十多天，
县令派媒人进家门。
说他家有个三儿郎，
体态美好举世无双。
年纪十八九正年轻，
能言善辩很有才能。
老母亲把兰芝问询：
"你是否愿把此事应？"
兰芝含着泪回答道：
"兰芝最初回家之时，
仲卿千嘱咐万叮咛，
发誓永不与我离分。
今天要违背他的情，
恐怕这事实在难成。
您有办法谢绝媒人，
慢慢告他改嫁事情。"
兰芝母亲面告媒人：

两汉诗

"贫贱之家有这一女，
刚从丈夫那回家门。
小吏之妻都不相称，
岂敢再配您的公子。
希望你广泛多打听，
没有得到我再答应。"
媒人离去没有几天，
太守派县丞来请婚：
"'说刘家有女叫兰芝，
家承祖籍有人做官。
说太守有儿是五郎，
特别英俊还没结婚。
派县丞你去做媒人'，
主簿特来传达守令。"
直截了当说"太守家，
有这样一个令郎君。
想与您的家结成亲，
所以派我来登贵门。"
阿母谢辞这个媒人：
"女儿先前已发过誓，
老妇我怎好再多言！"
兰芝哥哥把这话听，
愤恨不满心中厌烦。
开口就对兰芝妹说：
"拿主意不好好权衡。

先嫁小府吏焦仲卿，
再嫁将得这贵郎君。
好坏差别如天地般，
足以荣耀你的身心。
你不肯与义郎结婚，
如此下去怎样打算。"
兰芝仰头回答家兄：
"道理确实如兄所论，
辞别娘家侍奉夫君。
中途又回兄家的门，
怎么处理服从长兄，
哪能由我自作主张。
虽与仲卿事先约订，
同他相会永无机缘。
马上可以答应媒人，
随后就可结成婚姻。"
媒人下床离开刘家，
嘴中说着好好行行。
回府衙禀报太守君：
"下官奉说媒的使命，
交谈已成大有缘分。"
太守君听了这消息，
心中欢喜非常高兴。
打开历书寻找佳期：
"佳期就在本月之中。

代表吉利六合相应，
三十那天吉日良辰。
今天已经是二十七，
你可把婚事来操办。
向各处传话快准备，
操持的人多如浮云。
做成青雀白鹄画舫，
四角上插着龙子幡。
幡旗飘拂随风舞动，
嵌金的车镶玉的轮。
青白色马缓步前行，
彩色的穗雕金的鞍。
赠送钱财有三百万，
全都用青丝来穿引。
各色的缎料三百匹，
在交广地区买鲑珍。
跟从的人有四五百，
人马众多齐集府门。

兰芝母又对兰芝说：
"刚刚得到府君的信，
明天就来接你成婚。
怎么还不置备嫁妆？
不要让婚事办不成！"
兰芝听着默不作声，

用手帕掩嘴轻哭泣，
泪流如泻泪落不停。
搬出我的琉璃榻床，
把它放在前窗下方。
左手执着剪刀尺子，
右手拿起绫罗丝缎。
早晨缝出了绣袂裙，
晚上做成了单罗衫。
日色昏暗没有光明，
怀愁出门啼哭嘤嘤。

仲卿听说这个变更，
于是请假把家归还。
车走不及二三里程，
人心凄怆马悲长鸣。
兰芝熟悉马的声音，
轻轻走出把他来迎。
心中怅然遥遥相望，
知是仲卿来到身旁。
举起手来拍拍马鞍，
长吁短叹叫人心酸：
"自从与君离别之后，
人变事更不可估量。
果然不如先前所念，
您不知晓其中详情。

两汉诗

我身边有亲生母亲，
更兼兄长对我逼迫。
把我许配给别的人，
您还把什么来指望！"
仲卿怒而把兰芝讽：
"恭贺你身价得高升！
我是磐石方正厚墩，
可保不变延续千年。
蒲苇虽也一时柔韧，
只能维持短暂时间。
你将慢慢富贵高升，
我却一人走向黄泉。"
兰芝气愤质问仲卿：
"说出这话出于何情！
同样都是被逼无奈，
你这般我也没不同，
再想见面到黄泉下，
不许违背今日誓言。"
两手相握分道而去，
各回各家各进各门。
活生生的竟做死别，
恨恨之情言语难表。
心中默念永别人间，
再也不想保全性命。

府吏仲卿回到家中，
上堂拜母叩见大人：
"今日外面寒风大作，
寒风猛烈折断树身。
严霜冻结了院中兰。
儿今有如日落黄昏，
让母亲以后觉孤伶。
我故做最坏的打算，
您不要埋怨鬼和神。
希望您长寿比南山，
身体舒坦而且康健。"
老母听儿子这番话，
哭声伴着眼泪零落：
"你是我家的后继人，
现在在台阁正做官，
千万不能为兰芝死，
贵贱有别怎算薄情？
东邻家中有女贤淑，
全城数她美艳无比。
母亲已为你去求婚，
很快就能够有回音。"
仲卿再拜转回室中，
长声叹息室内空空，
自杀的主意已拿定。
转头向屋内望母亲，

忧愁熬煎内心苦痛。

迎亲那日牛马嘶鸣，
新娘兰芝进入喜棚。
日光昏淡已过黄昏，
寂静夜晚人刚安定。
今日辞世结束生命，
灵魂飘去尸骨长留。
撩起裙子脱下绣鞋，
纵身投入清清池中。
仲卿得知这件事情，
心下知道与妻永别。
徘徊院中大树底下，
上吊身亡以此殉情。

焦家刘家希望合葬，
华山旁边两人一坟。
东西两面植上松柏，
左右方向种上梧桐。
树枝与树枝相覆盖，
叶子与叶子相连通。
树间出没有双飞鸟，
鸳鸯就是它们的名。
抬头相望啼叫长鸣，
夜夜啼叫都到五更。

行人停步静静聆听，
寡妇起身心不安宁。
多多致意后世之人，
引此为戒永记心中。

《孔雀东南飞》这首诗是东汉末年的作品，又叫《焦仲卿妻》。它是到汉代为止的最长的叙事诗，故被称为"长诗之圣"，称其为圣不仅因为它长，更重要的是：它是民间口头创作，具有浓厚的民歌色彩，集中了人民的智慧，凝聚了人民的血泪，成功地塑造了众多鲜明生动的人物形象，准确地描绘了封建社会压迫者与被压迫者之间的相互关系，揭露了封建社会吃人的本质，歌颂了善良的人民不慕荣利的崇高品德。它是我国古代民间文学中的一部伟大的爱情悲剧，思想性和艺术性都很高。它不愧为我国古典诗歌的瑰宝，在世界文艺之林中，也是一朵奇葩。

《孔雀东南飞》完整地讲述了焦仲卿与刘兰芝的爱情故事。通过对焦仲卿、刘兰芝这对夫妻在封建礼教残酷迫害下的悲惨遭遇的描写，深刻揭露了封建礼教和封建婚姻、家长制度的罪恶，热情歌颂了他们的真挚爱情和宁死不屈的反抗精神，表达了人民要求婚姻自主的合理愿望。

全诗共三百五十多句，可分为十三个小节。第一小节从开头到"及时相遣归"，是刘兰芝向焦仲卿诉说苦衷的话。她说自己本无过失，却受到婆婆的挑剔和虐待，她已经无法忍受，只好请求暂时回娘家了。第二小节从"府吏得闻之"到"会不相从许",写的是焦仲卿向母亲恳求不要驱逐兰芝,却遭到母亲的蛮横拒绝。第三小节从"府吏默无声"到"久久莫相忘";写仲卿辛酸地传达了母亲的意思,兰芝毅然做离开焦家的准备。第四小节从"鸡鸣外欲曙"到"涕落百余行",写兰芝被遣回娘家的当天,认真整妆,从容自在地与焦母及小姑告别,最后离开焦家的情景。第五小节从"府吏马在前"到"二情同依依",写仲卿送别兰芝,二人立下互不背弃对方的誓言。第六小节从"入门上家堂"到"阿母大悲摧",写兰芝回家,母女相见的情景。第七小节,从"还家十余日"到"不得便相许",写县令派人到刘家来说媒,被刘母婉言谢绝了。第八小节,从"媒人去数日"到"郁郁登郡门",写太守派人求婚,兰芝在兄的逼迫下,只好表示答应。太守家十分高兴,立即着手准备,迎娶时很是排场。第九小节,从"阿母谓阿女"到"愁思出门啼",写兰芝在母亲的催促下,忍着内心的痛苦,置办嫁妆。第十小节,从"府吏闻此变",到"千万不复全",写仲卿知道兰芝要重新嫁人,连忙请假回来。二人相见后,共同立下以死殉情的决心。第十一小节从"府吏还家去"到"渐见愁煎迫",写仲卿回到家里,向母亲告别,准备自杀。第十二小节从"其日牛马嘶"到"自挂东南枝",写太守家迎亲当天,兰芝、仲卿遵守誓约,双双殉情而死。第十三小节从"两家求合葬"到结束,写了焦仲卿夫妇死后,两家人为他们合葬的事情。

《孔雀东南飞》这首诗写得悲切感人,这主要是因为诗作者通过对刘兰芝、仲卿及刘母、焦母的言行和心理活动的描写,为读者塑造了一个个鲜明、生动的形象,读者可以透过这些形象,看到字里行间到处都流露着诗人对善良而不幸的刘兰芝、焦仲卿的同情,对权贵和专横的焦母,以及自私的刘兄的鞭笞。当然，读者更直接的是读到这个伟大的爱情悲剧，直接承受爱情悲剧所带给人们的沉重，那种以死来抗争的悲壮的沉重。

《孔雀东南飞》以它深刻的社会意义和高超的艺术性，占据了我国文学史上一席重要地位。千百年来，这首诗一直被人们所传颂。

两汉诗

饮马长城窟行

乐府民歌

青青河畔草，绵绵思远道①。

远道不可思，宿昔梦见之②。

梦见在我傍，忽觉在他乡③。

他乡各异县，辗转不相见④。

枯桑知天风，海水知天寒⑤。

入门各自媚，谁肯相为言⑥！

客从远方来，遗我双鲤鱼⑦。

呼儿烹鲤鱼，中有尺素书⑧。

长跪读素书，书中竟何如⑨？

上言加餐饭，下言长相忆⑩。

① 畔(pàn)：水边。绵绵：青草长得绵延不断的样子。这里是双关语，表示情意不断。远道：遥远的地方。

② 不可思：想也没用，无可奈何。宿昔：昨天夜里。之：代词，指诗中女主人公所思念的人。

③ 傍：就是"旁"，旁边。觉(jiào)：醒来。

④ 辗转(zhǎn zhuǎn)：来回地转动，翻来覆去。

⑤ 天：指大自然。

⑥ 媚(mèi)：爱，喜悦。言：这里是说话、问讯的意思。

⑦ 遗(wèi)：送给。双鲤鱼：指信函。古代人寄信时外面用木封套，上面刻有鱼形图案，所以叫"双鲤鱼"。

⑧ 烹(pēng)：煮、炒。这里指打开装书信的木函。尺素书：信件。是用一块洁白的绸绢，上面写着字。

⑨ 长跪：伸直腰跪着。竟：究竟。何如：如何，写了些什么。

⑩ 言：写着的话。上言：先说。下言：后说。加餐饭：意思是多吃饭保重身体。长相忆：是十分想念的意思。

河边绵延不断的青青草哟，

勾起我对远方亲人的思念。
亲人远离我苦思也没用哟，
昨夜忽然在梦中与你相见。
梦见你就坐在了我的身旁，
醒来才知你出门远在天边。
既然你在异乡离我这么远，
我就是反复思念也难见面。
枯桑虽无叶也能感到风吹，
海水虽无冰也能觉出天寒。
看人家各进家门得到欢娱，
谁能给我一点安慰的语言！
有客人从远方来到我的家，
交给我藏书信的双鱼木函。
叫儿子快把亲人的信取出，
句句字字都写上了素白绢。
长跪着细读那亲人的来信，
信上怎样寄托亲人的思念？
多吃饭保重身体平安康健，
我在外常把你深深地思恋。

帮你读

秦、汉时代，为了抵御少数民族的侵犯，汉族曾在西北边境修筑长城，征调士兵到那里驻守。长城下凿的泉窟，是供士兵饮马用的。士兵们从远方来到长城，见了饮马泉窟，就产生了怀念故乡的感情；而他们在家乡的妻子，也无时不在思念远征的丈夫。民歌中就常以此为题材，反映征夫（出征的丈夫）、怨妇（愁怨的妇女）的痛苦。这首诗虽然没有具体写到长城窟饮马的事，但却把妇女思念远征丈夫的思想感情，真切地表达出来了。

全诗可分为两段。

第一段：写这位妇女的怨思。"青青河畔草，绵绵思远道"，诗的开头两句，是用"兴"的手法，引起联想。通过写河边的野草长得茂盛，联想起远征在荒郊野外的丈夫。她对于他的思念之情，也像这芳草一样绵绵不断，一直延伸到遥远的地方去。可是，丈夫究竟在哪里呢？"远道不可思"，她思念也没有用，只能在梦中同丈夫相见："梦见在我傍，忽觉在他乡"，常言道：梦是心中想。她晚上梦见丈夫，正因为她非常想念她的丈夫。诗人用梦来揭示诗中女主人公的思夫之情，非常生动、深刻。

第二段所写的内容与前一段截然不同。诗中女主人望穿了双眼，终于盼来了丈夫的一封信，这是丈夫对自己全部思念的回报。最精彩的是"长跪读素书"一句。古人所说的跪是席地而坐，以两膝着地，臀部放在脚跟上。当这位妇女听说丈夫有信来，便即刻直起身子，"长跪"在地。一个"长跪"就把她急不可待的盼望和心情的无比喜悦，描绘得淋漓尽致。

行行重行行

古诗十九首

行行重行行，与君生别离①。

相去万余里，各在天一涯②。

道路阻且长，会面安可知③？

胡马依北风，越鸟巢南枝④。

相去日已远，衣带日已缓⑤。

浮云蔽白日，游子不顾返⑥。

思君令人老，岁月忽已晚⑦。

弃捐勿复道，努力加餐饭⑧。

両汉诗

①　行：走。重：又。这句话的意思是说，走了又走，走个不停。生别离：活生生地分开。

②　相：互相、互相之间。去：距离。余：表示整数后面不定的零数，也就是多余的。天一涯（yá）：就是天一方。说的是天的边际。

③　阻：险阻，路难走。且：连词，而且、并且的意思。长：远。安：哪里，怎能。

④　胡：古代习惯称北方的少数民族为"胡"。依：依恋。越：就是百越，是古代对南部和东南部各少数民族的统称。巢：在这里是动词，当筑巢讲。

⑤　去：离开。远：久。缓：宽松。人瘦了衣服就变得宽松了。

⑥　浮：飘浮。浮云：飘浮的云彩。蔽：遮住，遮掩。这句诗的意思是用一事遮掩另一事。游子：离家在外，或久居外乡的人。顾：念，想着。

⑦　令：使得。岁月……已晚：指秋冬之季，已接近年终。

⑧　弃捐：抛弃、舍去。勿：不要。复：再。道：说、谈。

走远了却还要远走，

我和你竟生生别离。

一去相隔悠悠万里，

海角天涯人各东西。

路遥险阻遥远难行，

见面重逢可有日期？

北马依恋家乡来风，

越鸟筑巢朝南栖息。

我们分别已很长久，

我早已身疲宽带衣。

浮云遮住灿烂阳光，

你怎不思乡回家呢？

想念你我容颜已老，

岁月流逝时光难依。

忘掉这忧愁不再说，

努力加饭保重身体。

帮你读

　　这首诗写了一个女子对于离家远行的爱人的思念。诗歌首先叙述了他们最初别离的情景；然后写与爱人相距太远，无法会面的忧虑；最后表示希望在外的亲人自己保重，并以此作为对自己的宽慰。

　　为了充分表达诗中女主人公思念丈夫的心情，诗人在诗中巧妙地运用了"迂回"的战术，不是直来直去地说，而是把要说的意思藏在字里行间，让读者自己去读、去想。

　　"胡马依北风，越鸟巢南枝"，生在北方的马，喜欢面对北方刮来的风；生在南方的鸟，搭窝都要在朝南的树枝上。表面上这是在写鸟兽还眷恋自己的故乡，实际上是写人，人更不能对自己的故土、对自己的亲人无情无义。这里既有诗中女主人对爱人的期望，又有她对爱人的埋怨，很有回味的余地。

"相去日已远，衣带日已缓"，诗人不说我想你想得吃不下饭，睡不着觉，人都变得瘦了，而说"衣带缓"，那么"衣带缓"说明了什么，说明人瘦了，说明自己对爱人的思念是铭心刻骨的。

诗人用这样的写作手法，更增加了诗中的感情色彩。

两汉诗

明月皎夜光

古诗十九首

明月皎夜光，促织鸣东壁①；

玉衡指孟冬，众星何历历②。

白露沾野草，时节忽复易③；

秋蝉鸣树间，玄鸟逝安适④？

昔我同门友，高举振六翮⑤。

不念携手好，弃我如遗迹⑥。

南箕北有斗，牵牛不负轭⑦。

良无磐石固，虚名复何益⑧。

① 皎：洁白。促织：就是蟋蟀，俗名叫"蛐蛐儿"。鸣：叫。

② 玉衡（héng）：指北斗星七星中的一颗。孟冬：冬天的第一个月。古人以固定时间出现的北斗星所指的方位来辨别节令的推移。"玉衡指孟冬"，是说时间是半夜，节令到孟冬即夏历十月。何：多么。历历：分明的样子。这里是说众星——分明可数。

③ 沾（zhān）：浸湿、湿润。时节：就是季节。忽：快速。复：又。易：改变，换。

④ 玄鸟：就是燕。逝：往。安：哪里。适：到……去。逝安适：是说往哪里去？

⑤ 昔：过去，从前。同门友：同在一个老师的指导下学习的朋友，就是今天所说的同学。高举：高飞。振：奋，展。翮（hé）：羽毛中间的茎。六翮：指鸟的翅膀。振六翮：是以鸟的高飞比人的飞黄腾达。

⑥ 携（xié）手：拉着手。携手好：指与同学的友情。遗迹（jì）：走路时留下的脚印。

⑦ 南箕（jī）：星名，形状像簸箕。北斗：星名，形状像斗（一种酌酒的器具）。轭（è）：车前驾在牛脖子上的横木，牛拉车时必须抬起"轭"来。不负轭：就是不拉车。

⑧ 良：确实。复何益：又有什么益处。

译过来

天上月光洁白明亮，
东墙蟋蟀曜曜鸣唱。
已是夏历十月夜间，
天上众星点点闪亮。
秋天露水沾湿野草，
时节骤变催人换装。
树间秋蝉高唱"知了"，
燕子南飞要去何方？
想起从前学友同窗，
今如鹍鹏展翅飞翔。

不念旧日好友情长，
弃我如同脚印一样。
南箕北斗徒有虚名，
牵牛拉车更是荒唐。
磐石虽然又固又坚，
朋友情淡名存实亡。

两汉诗

这首诗写一个不得志的人悲秋的心情和对世态炎凉的怨愤。

前半段是写自然景物和由自然景物迅速变化所引起的"时节复易"的感觉，并由此联想人间的冷暖疏亲，引出下半段的内容：通过老同学高升以后，遗弃旧日朋友的事，来说明朋友间的友谊是假的，趋炎附势只顾个人利益才是真的。最后通过这种沉重的联想，得出一个结论，就是"虚名复何益"——人图虚名，追求不实在的东西，是毫无意义的。

这首诗最大的特色就是借写景来写情，用的是一种暗喻的写法，将秋蝉、玄鸟入在深夜中写，而事实上，秋蝉并不在夜间鸣叫，玄鸟也不在夜间飞行；借"牵牛"是不能拉车，"南箕"是不能簸扬，"北斗"星不可以舀酒浆来说明这些东西是徒有虚名的，并用此来比喻人间的事情，达到了借景抒情的目的。

迢迢牵牛星

古诗十九首

迢迢牵牛星，皎皎河汉女①。

纤纤擢素手，札札弄机杼②。

终日不成章，泣涕零如雨③。

河汉清且浅，相去复几许④？

盈盈一水间，脉脉不得语⑤。

两汉诗

① 迢（tiáo）迢：形容路途遥远。牵牛星：就是牛郎星，在银河南面。河汉：就是银河。河汉女：就是织女星，在银河北面，和牵牛星隔银河相对。

② 纤：细、长。擢（zhuó）：摆动。素：洁白。札（zhá）札：象声词。这里是形容织机的声音。弄：摆弄，操作。杼（zhù）：织布机的梭子。

③ 终日：一整天。章：布纹。不成章：就是不成整块的布。零：落。

④ 几许：表示大约的数量。

⑤ 盈盈：水清浅的样子。脉（mò）脉：面对面互相看的样子。这里是说默默地用眼神表达情意。不得语：不能说话。

好个遥远的牛郎星，

面对洁白的河汉女。

织女挥动白白细手，

札札之声是在飞梭。

纺了一天织不成匹，

眼泪滴落如同细雨。

银河水流清浅照人，

两岸相距该有多远。

一条银河隔在中间，

只能相望不能对语。

帮你读

　　这首诗全篇刻画了织女望牛郎的心情,借牛郎和织女的故事写夫妻分离的痛苦遭遇。

　　牛郎(牵牛星)织女(织女星)的爱情故事在民间是家喻户晓的。相传牛郎与织女这对夫妻隔着银河居住,由于银河在中间隔阻,他们只有在"七夕"——也就是每年阴历七月七日的晚上,由喜鹊搭成一座"鹊桥",才能在桥上会面。一年只能见一次面,这对于一对有情人来说,太短暂了。而两人分离的时间又是那么漫长。这首诗就描写了织女对牛郎的深切思念。

　　织女摆动着白皙修长的手在织机前飞梭纺线,但由于她心中思念着银河对岸的牛郎,尽管她手在不停地编织,最终还是因为心不在焉而不能织出经纬来,一天也织不成一匹布,而伴随着织女的,却是她满脸的泪水。这里的描写很细腻,只用这一个动作细节,就把织女对牛郎深切的思念,淋漓尽致地表现了出来,更增添了牛郎织女爱情故事的生动感人。

　　另外,在这首诗中,诗人还反复地运用了叠字,如"迢迢"、"皎皎"、"纤纤"、"札札"及"盈盈"、"脉脉"等,都使诗歌朗朗上口,诗味更浓。

两汉诗

去者日已疏

古诗十九首

去者日已疏，来者日已亲①，
出郭门直视，但见丘与坟②。
古墓犁为田，松柏摧为薪③。
白杨多悲风，萧萧愁杀人④。
思还故里闾，欲归道无因⑤。

① 去者：已经过去的日子，也就是少年时代。疏：远。来者：将来的日子，也就是老年。亲：近。

② 郭门：外城门。直视：向前望去。但：只。丘：坟包。

③ 为：成为。摧：折断。薪（xīn）：柴。

④ 萧（xiāo）萧：风声。愁杀人：使人悲愁不止。

⑤ 故里闾（lú）：故乡。道：方法。因：机会。

过去的时光愈加遥远，

未来的日子就在眼前。

出了外城门举目前望,
看见的只有座座丘坟。
古墓被牛犁为了田地,
松柏已折倒变成柴薪。
高高的杨树招来秋风,
风声回荡悲凉愁坏人。
思念家乡早想回故居,
却无法找机会回归去。

帮你读

　　这是一首写游子路过坟墓而引起思乡之情的诗。诗的大意说,时间在流逝,青春一去不复返,眼见衰老在一天天逼近。满眼丘坟就是人生的归宿,这是多么叫人伤感的呀!然而这古墓荒坟又是个什么样子呢?古墓已被犁成平地变成耕田了,墓旁的松柏也被折断成了木柴。阵阵秋风吹来,白杨树发出了萧萧的声音,使人听了悲愁不已。这种荒凉凄寂的气氛,引起游子内心的烦恼,游子虽然思念家乡,但他也只能白白悲愁烦恼一番,因为对他来讲,他没有机会找到回家的办法。

　　这首诗充满了感伤的情调,全诗都是在描绘一种悲伤的气氛。开始两句是诗人心中所想:想到的是好时光一去不复返;中间六句,写的是诗人眼中所见:见到的是荒坟和枯树,满目凄凉,"白杨多悲风,萧萧愁杀人"两句,在诗中写的最为精彩、传神。白杨和风,都是自然景物,本是没有感情的,但在悲痛已极的诗人眼中,这些也都是富有人情味的,带有感情色彩的东西。于是,风成了悲风,悲风的声音便能愁杀人,正应了"酒不醉人人自醉"的景,是"风不愁人人自愁"的意。最后两句是诗人心中所憾,遗憾的是自己想回家却不能办到,这一遗憾是全诗的高潮,也是全诗在悲伤气氛上的归结,它表明了诗人写诗的主旨。

今日良宴会

古诗十九首

今日良宴会，欢乐难具陈①。

弹筝奋逸响，新声妙入神②。

令德唱高言，识曲听其真③。

齐心同所愿，含意俱未伸④。

人生寄一生，奄忽若飙尘⑤。

何不策高足，先据要路津⑥。

无为守穷贱，轗轲长苦辛⑦。

① 良：好。具：全部。陈：陈述。

② 筝：一种弦乐器。奋：发生、扬起。逸响：超越寻常的奔放的声响。新声：指当时流行的歌曲。妙入神：美妙到神奇的地步。

③ 令德：美德。本指有才能的人，这里具有讽刺的味道，指追求利禄的人。高言：高妙的言论。这里也是反话。识曲：知音人。真：指歌曲中的真实含意。

④ "齐心"句：是说心意相同，大家所想的都是这样。含意：指曲中的道理，也指人们心中都已领会了这些道理。俱：全，都。

未伸：嘴上讲不出来。

⑤ 寄：寄居，依附。奄（yǎn）忽：急速，忽然。飙（biāo）：自下而上的风暴。飙尘：卷在暴风中的尘土。这里是比喻人生很容易泯灭。

⑥ 策：鞭打。高足：指快马。据：占据，占领。要路津：行人必需的路口。这里比喻高官要职。

⑦ 无为：不要，没必要。轗轲（kǎn kě）：车子行进不顺利叫轗轲，这里引申为不得志。

今日宴会，菜肴丰盛，

欢乐之情，难以说清。

弹筝奏乐，声音奔放。

时兴乐曲，美妙传神。

贤人出口，高谈阔论。

知音之人，知道真意。

大家所愿，同理同心。

更深含意，难以唱尽。

人到世上，聊过一生，

变化无常，风卷灰尘。

何不挥鞭，策马快奔。

占据要道，把守路津。

不必穷贱，苦心苦身。

行路不顺，一生苦辛。

　　这首诗是"听曲感心",为寻找知音,发了一番议论。议论的内容是:人生短促,要自寻富贵欢乐,不必死守贫贱,枉受苦辛。这是一种感愤的语言,也有自嘲的意味。

　　这首诗的构思很严谨,一环套一环。从宴会说起,宴会上弹筝,引出一个听曲识音的问题,再由听曲识音,引出一个知音难寻的问题,因知音难寻,人生变得毫无生机,怎样才能变消极为积极,在"奄忽若飙尘"的无趣中寻找乐趣呢?作者在陈述了一连串的问题以后,提出了自己写这首诗的目的,那就是诗的最后四句:"何不策高足,先据要路津?无为守穷贱,轲长苦辛。"

　　从诗的立意看,这首诗的积极意义不大,它只告诉人们要及时行乐。但是在写法上,这首诗有借鉴的成功之处,严谨的构思,就是其中的一个主要方面。

两汉诗

涉江采芙蓉

古诗十九首

涉江采芙蓉，兰泽多芳草①。

采之欲遗谁？所思在远道②。

还顾望旧乡，长路漫浩浩③。

同心而离居，忧伤以终老④。

两汉诗

 讲一讲

① 涉（shè）：趟水过河，这里是指从水上经过。芙蓉：就是莲花。兰泽：有兰草的低湿沼泽地。

② 之：代词，指芙蓉。欲：想要。遗（wèi）：赠送。所思：所思念的人，就是出门在外的亲人。远道：远方。

③ 还顾：回头看。旧乡：就是故乡。漫：长。浩：广大无边的样子。

④ 同心：指夫妻同心。离居：分离生活。以：连词，相当于"而"。终老：一直到老。

 译过来

脚下踩清水，江中去采莲。

江畔多兰草，兰花美香艳。

采花在手中，想送谁手边？

送我心上人，出门相距远。

回头向远看，远看望故乡。

回乡路远哟，漫长又渺茫。

常想同心人，离居各一方。

忧伤伴我身，到老仍凄怆。

　　这首诗写的是游子思念远在故乡的亲人。诗共六句，先说采来美花香草，想赠给自己思念的人；紧接着说所思念的人在远方，不能送去；然后说还乡的路偏偏是这样漫长，"同心"的人，又与自己分隔两地，这忧伤无法排遣，只有终老而已。

　　这首古诗有一个很突出的特点，就是继承了更为古远的文字传统。"涉江"是《楚辞》的篇名，是屈原所作的《九章》之一。这首诗一面借用"涉江"这个现成的题目，一面也多少暗示出诗中主人公的流离转徙的情形。这首诗中还有采集香草想赠送给所思念的人的句子。我国古代有赠香草给亲人的风俗习惯，这种描写在《诗经》、《楚辞》中很多见，这首诗正是继承了这一传统描写手法，用以寄托游子思念故乡的感情。

　　当然，本诗还有其他的特点，像内容上以情动人，形式上讲究押韵等等，在这就不用说了。

两汉诗

明月何皎皎

古诗十九首

明月何皎皎，照我罗床帏①。

忧愁不能寐，揽衣起徘徊②。

客行虽云乐，不如早旋归③。

出户独彷徨，愁思当告谁④。

引领还入房，泪下沾裳衣⑤。

讲一讲

① 何:多么。皎:洁白。罗:一种稀疏而松软的丝织品。床帏(wéi):床帐。

② 寐(mèi):睡。揽:持,敛。徘徊:在一个地方来回地走。

③ 客行:指丈夫出门在外。云:说。旋:归、回。

④ 户:门。彷徨(páng huáng):就是徘徊的意思。当:应当。

⑤ 引领:抬头远望。裳衣:就是衣裳。

 **译过来**

明月当空银光似水,

透过小窗照我帐帏。

心怀忧愁不能入睡。

披衣起身床前徘徊。

丈夫外游虽有乐趣。

不如家好应当早回,

推门出屋月下踱步。

要诉苦衷不知找谁。

远望无人寂寞回房。

衣裳浸透眼中泪水。

两汉诗

这首诗是写女子盼望自己远游的丈夫早日归来。

全诗着力描写女子的孤独。"明月何皎皎,照我罗床帏。"诗的开头就铺垫出一种孤独哀婉的情景。在诗中女主人所处的环境里,没有人迹,没有声音;伴随着她的,只有月光和月光下隐约可辨的床帐。"月光"、"床帐"都是静物。人在静物中自然会产生一种孤独感。而孤独又会使人感到痛苦,所以诗中女主人"忧愁不能寐,揽衣起徘徊"。她不禁想起了在外远游的丈夫。她怪丈夫不记着回家,在外面再有意思,难道还能比在家好吗?她越想越觉得委曲,推门出屋,想排遣一下,但满腹的愁思竟不知向谁诉说。她只好又回房,独自在床前伤心流泪。

这首诗写得很细腻,女子因忧愁而睡不着,因睡不着觉而徘徊,由徘徊而出屋,出屋之后仍徘徊,徘徊不能解愁,再回到房中垂泪,一连串的动作,把女子的心理活动过程描写得清清楚楚,真有曲终意未尽的味道。

客从远方来

古诗十九首

客从远方来,遗我一端绮①,
相去万余里,故人心尚尔②。
文彩双鸳鸯,裁为合欢被③;
著以长相思,缘以结不解④,
以胶投漆中,谁能别离此⑤。

两汉诗

① 遗(wèi)：就是赠给的意思。端：类似于今天说的"匹"。绮(qǐ)：有花纹或图案的丝织品。

② 相：彼此之间。互相。去：离开。故人：老朋友，在这里指久别的丈夫。尚尔：意思是居然还是这样。

③ 文彩：是指绮上绣有双鸳鸯的图案。合欢：一种图案花纹的名称，这种花纹是象征合和欢乐的。合欢被：就是绣有合欢花纹的被子。

④ 著(zhù)：在衣被中装绵叫做著。长相思：是丝绵的代称。"思"和"丝"谐音，"长"与"绵绵"同义。缘(yuán)：沿着边装饰。结不解：沿着被子的四边，缀上丝缕，打成结，表示爱情结而不解。

⑤ 以：用，把的意思。胶、漆：都具有黏性，两者相合，无法分开。别：分开。离：就是离间。此：指"结不解"的爱情。

有客人从远方来到了我这里，
送与我一匹丈夫给我的罗绮。
我丈夫同我隔着千千万万里，
没想到他的心依旧爱我不移。
绮上绣着双鸳鸯图案好美丽，
把它裁为合欢被子该多惬意。
絮上缕缕长相思代表我俩情，

两汉诗

沿被边结丝缕把同心结来系。

我俩爱情好比胶漆粘在一起，

没人能分开我们俩人永相依。

这首诗描写了一位与丈夫久别的妇女，在接到丈夫托人捎来的赠物后的那种惊喜和思念的心情。

前四句写客人带来了丈夫赠的绮，使这位妇女感到尽管与丈夫相隔很远，分离很久，但是两人依旧情深意笃；中间四句写妇女将绮制作成合欢被；最后两句以胶、漆作为比喻，表示两人永不分离的决心。

在古诗十九首中，《客从远方来》是最接近民间歌谣的。在写法上，它非常灵活、生动，还用了许多谐意双关语，如"故人心尚尔"一句，"尚尔"两字用得最妙，是久在意料之中又出意料之外的感叹，反映出日夜这样想又日夜这样盼的心境，绝不是表面上说说而已的话。再如"著以长相思，缘以结不解"两句，"思"、"丝"两字谐音，"长相思"既是丝棉絮的代称，又是这位妇女心愿的表露，"缘"也一样，它既当动词，做"沿着"讲，又当名词，做"姻缘"讲，因此，"著以长相思，缘以结不解"既是这位妇女做被子的劳动过程，又是她思念丈夫的心理过程，看上去像是运用一种比喻，实际上却道出了一种真情，还有诗的最后，用胶、漆粘在一起，表示自己与丈夫永不分离，更是贴切传神。

两汉诗

199

四坐且莫喧

古　诗

四坐且莫喧，愿听歌一言①。

请说铜炉器，崔嵬像南山②。

上枝似松柏，下根据铜盘③。

雕文各异类，离娄自相联④。

谁能为此器？公输与鲁班⑤。

朱火然其中，青烟扬其间⑥。

从风入君怀，四坐莫不叹⑦。

香风难久居，空令蕙草残⑧。

讲一讲

　　① 四坐：就是四座。且：暂且。莫：不要。喧（xuān）：大声说话。愿：希望能够愿意。这两句是歌者对听众的开场语。

　　② 请说：就说。铜炉器：就是香炉。香炉的形状是上端像碗，有盖，周围有小孔。下端像盖盘，中部较细长，整个高约一尺。炉放在铜盘内，盘的直径约一尺，中间盛热水。炉像一座海中的大山。崔嵬（cuī wéi）：高大的样子。

　　③ "上枝似松柏"四句：说的是铜炉上的雕刻。据：盘踞。

　　④ 雕文：雕刻的花纹。异：不同的。类：种类。离娄：玲珑通

明的样子。

⑤ 为：制作。"公输与鲁班"：公输就是鲁班。"公输"是鲁班的号，他是春秋时代鲁国的一位手艺离超的工匠。"公输与鲁班"，意思是"除了公输班还是公输班"。

⑥ 朱：红色。然：就是"燃"。扬：从中飘出。

⑦ 从：随。君：您。在此不是专指某人，而是泛指男人。叹：赞叹。

⑧ 居：停留。空令：白白地让。蕙(huì)：一种香草，可以制香料。这里是指烧香。残：残缺，就是香烧掉了。

在座各位，不要喧哗，

我有一歌，唱给大家。

不唱别的，就唱铜炉，

真像南山，高高大大。

上有松柏，雕花刻画，

下有树根，铜盘里扎。

花纹各异，种类繁杂，

玲珑通明，相连相插。

谁有本领，制成此器，

公输鲁班，只此一家。

红色火焰，炉中燃烧，

青烟飘飘，飞飞袅袅。

随风摇摇，入您怀抱，

在座各位，都赞它好。

青烟香风，难以久留，

可惜蕙草，白白烧掉。

帮你读

这首诗借歌咏香炉寄托诗人的讽喻。

首先，诗人描绘了香炉的精致，说香炉上有各式各样精美的花纹。其次，诗人写香烟的可人。最后写出了诗人写这首诗的用意在于：通过香草在铜炉中燃烧产生香气，看上去很高雅，但实际上香气很快就飘散得无影无踪，变成了虚无的东西，来说明人生在世，追求浮华的虚名，虽然也能得到一时的满足，但最终却是空虚的，毫无价值的。

作者用了比喻的手法，看上去诗里通篇都是写在铜炉里焚香，而实际上，醉翁之意不在酒，写焚香，目的是用一事物说明另一事物。这样，道理清楚，形象生动，让人一读就懂，一懂就牢牢记住，从而达到诗人写诗的目的。

十五从军征

古　诗

十五从军征，八十始得归①。

道逢乡里人："家中有阿谁"②？

"遥望是君家"，松柏冢累累③。

兔从狗窦入，雉从梁上飞④。

中庭生旅谷，井上生旅葵⑤。

舂谷持作饭，采葵持作羹⑥。

羹饭一时熟，不知贻阿谁⑦。

出门东向望，泪落沾我衣⑧。

① 从：跟随。征：出征打仗。始：才，刚刚。

② 道：在回家的路上。乡里人：乡邻，乡亲。阿：发语词，没有实际意义。

③ 君：您。冢（zhǒng）：高大的坟墓。累累：就是"垒垒"，形容丘坟一个连一个的样子。

④ 狗窦（dòu）：给狗出入的墙洞。兔是野生动物，狗是家畜，兔入狗洞，说明屋中没有人住。雉（zhì）：一种鸟，也叫野鸡。

⑤ 旅：植物没有经过播种而自生的叫"旅生"，旅生的谷和葵

叫"旅谷"、"旅葵"。葵是葵菜,它的嫩叶可以吃。

　　⑥舂(chōng)谷:用石臼捣谷,脱去糠皮。持:拿来。羹(gēng):菜汤。这里是说用野葵菜来做汤。

　　⑦一时:一会儿。贻(yí):送给,赠给。

　　⑧东向望:向东而望。沾:沾湿。

 译过来

年方十五,随军出征,

八十老翁,方得回乡。

回家路上,遇到乡亲,

"现在我家,还有何人?"

"远远望去,是你家门。"

松柏树下,累累荒冢。

野兔猖狂,出入狗洞,

野鸡大胆,飞上屋梁。

庭院中间,旅谷丛生,

井台之上,旅葵长成。

石臼舂谷,用来做饭,

采摘旅葵,拿来做羹。

汤菜米饭,很快做熟,

不知和谁,吃饭喝汤。

走出大门,向东张望,

只有落泪,湿我衣裳。

 帮你读

这是一首暴露封建社会不合理的兵役制度对劳动人民的残酷奴役和损害的诗。

一个人十五岁正是青春年少的时候,就被统治阶级征兵拉走了,到八十岁才被允许退伍回乡。先不说从十五岁到八十岁这六十五年,人是如何在兵营里度过的,也不说六十五年来他打过多少仗,流过多少血,出过多少汗,只说八十老人在外奔波一生,到头来回到家里,家里竟连一个亲人也没有了是何等的惨淡。他所能看到的只是家人的坟墓,是野兔野鸡在自己家里横冲直撞的情景,真可以说是满目凄凉。这一切充分说明了封建统治阶级不顾劳动人民死活,给他们造成的痛苦达到了极点。

这首诗在艺术上的特色之一是:善于运用对比映衬手法,以少胜多表达深刻的含意。诗的首句:"十五从军征,八十始得归",一个"十五",一个"八十",是一组年龄数字的对照;一个"从军征",一个"始得归",一出一入,是一组行为的对照,实际上包含了整整半个世纪的时间,容纳了整整半个世纪的生活,其中丰富的内容,是可任读者张开想像的翅膀去描写,去勾画的。通过这两组对照,读者不难看出统治阶级的残酷,劳动人民的苦难,人生世道的艰辛。这样的写法是很高妙的。

这首诗在艺术上的另一特色是:善于选用有代表意义的实物来说明问题,比如用"兔从狗窦入,雉从梁上飞"和"中庭生旅谷,井上生旅葵"来说明家境的败落与荒凉。再如用"羹饭一时熟,不知贻阿谁"来说明自己当时处境的孤苦。这样的写法,能在读者的脑中树立起实实在在的形象来。

刺巴郡守诗①

古　诗

狗吠何喧喧？有吏来在门②。

披衣出门应，府记欲得钱③。

语穷乞请期，吏怒反见尤④。

旋步顾家中，家中无可为⑤。

思往从邻贷，邻人言已匮⑥。

钱钱何难得，令我独憔悴⑦！

① 巴郡：在今天的四川省重庆市一带。

② 吠（fèi）：狗的叫声。喧（xuān）：大声吵闹。吏：小官。

③ 应：答应。府记：官府的教令。欲得钱：要催收钱物。

④ 语：说。乞：乞求，请求。请期：请另定交钱的日期。反：反而。见尤：认为有过失而加以谴责。

⑤ 旋步：转身走回去。顾：看。无可为：没有可以拿出来的东西。

⑥ 思：想。往：去。从：向。贷：借。匮（kuì）：缺乏。已匮：已经用完，没有了。

⑦ 何难得：多么难得呀。憔悴（qiáo cuì）：因心情不好，使

得脸色难看。

 译过来

狗儿大叫叫声吵人，

府中小官敲打我门。

起身披衣出门答应。

官府有令交钱催命。

诉说贫穷改日再送，

官吏发怒把我怨恨。

转身快步回屋细看，

一贫如洗家无分文。

想找邻居借钱交上，

邻居告诉钱已用尽。

钱呀钱呀多么难得，

令我憔悴让我痛心。

 帮你读

这是一首记叙讽刺诗。

《华阳国志·巴志》上说，汉孝桓帝时，李盛仲为巴郡太守。他搜刮人民钱财，还摊派各种赋税，老百姓被逼迫得没有生路了。于是，当时就有人写诗讽刺他。

诗不长，但写出了三种人的形象。一是罹难之人，即诗中主人公。他待在家里，没料到会等来一场灾祸，官府派人来催逼钱赋，而他自己还缺钱用呢，哪里有钱上缴？二是官府之人，就是

两汉诗

那个"吏",这是诗人所刻画的反面人物,他代表着官府,站在老百姓的对立面。一进门,他二话没有,就是催钱。当诗中主人公告诉他家中分文没有的时候,他不说怜悯穷人,反而见怪、责备被逼迫的人,而且他还狗仗人势地在人家里转来转去,四处搜寻,纯粹是一副见了主人摇尾,见了穷人就咬的狗奴才相。三是邻人。当诗中主人想向邻人借一点钱的时候,邻人说他自己的钱也已用完,他的处境和主人公差不多。这就使主人公走投无路,终于发出了这样的呐喊:"钱钱何难得,令我独憔悴!"这一句呐喊,既是对自己苦难生活的诅咒,又是对那个压迫人的制度的愤怒控诉。全诗的高潮和这首诗的积极意义,就在这句中。

步出城东门

古　诗

步出城东门，遥望江南路①，
前日风雪中，故人从此去②。
我欲渡河水，河水深无梁③。
愿为双黄鹄，高飞还故乡④。

① 江南：古代泛指长江以南地区。

② 故人：指老朋友。去：就是离开，走了的意思。

③ 梁：桥梁。

④ 黄鹄（hú）：鹄就是天鹅。黄鹄：是传说中的一种大鸟，是仙人所乘坐的鸟，它能一举飞行千里。

漫步走出了东城门，

遥望远方的江南路。

前日恰逢风雪交加，

与老友分别在此处。

我想渡过滔滔河水，

河水太深桥梁也无。

我愿化做黄鹄仙鸟，

高飞回乡心满意足。

这是一首描写旅客思归的诗。写的是一个客居在外的人在送另一个客居在外的人上路的时候，心中涌起了想回家去的强烈愿望。

"步入城东门，遥望江南路"，诗的开始是对景物的描写。这一描写不是随随便便的，而是有目的的。正是城东门外发生的事情，勾起了诗人无限的遐想和深切的痛苦。因此，描写景物是为后面展开写事写情奠定基础。接下去的"前日风雪中，故人从此去"，是一对很绝妙的句子。在表现上，虽然这两句也是一般的叙事，但因为后四句诗都是被这两句诗引出来的，所以，它实际上是诗人感慨的缘由，是设置给读者的一个悬念。诗作者特别强调了那是一个"风雪"之日，按常理，风雪天是留客天，但"故人"执意不留，坚决上路。他要去哪儿呢？诗人没有明确交代，可是，望着故人远去的身影，诗人想起了家乡，这无疑是说"故人"上路要回家。风雪留不住回家人，这是多么强烈的思归之情呀！

当然，诗人写"故人"还乡，醉翁之意不在酒，他的目的是要借写"故人"来写自己，而写自己思归的心情比写"故人"更胜一筹。故人还乡，虽有风雪阻挡，但他毕竟还是上了路。自己呢？"我欲渡河水，河水深无梁"，这等于说自己回家无路，心中纵有良好的愿望："愿为双黄鹄，高飞还故乡"，却永远不能成为现实，真让人深感遗憾。

应该说，这首诗不论写景、写事还是写他人，都是为突出写自己的"欲归不能"这个主题服务的。这是这首诗写作上的一个特点，也是它的成功之处。

汉乐府文体知识

　　所谓乐府诗,主要是反映两汉至南北朝时期由当时的乐府机关采集或编制的入乐的歌诗。汉代人没有"乐府"这一称呼,只是称为"歌诗"。到了魏晋南北朝时期,才开始称这些歌诗为"乐府"或"乐府诗"。如梁代刘勰的《文心雕龙》和萧统的《昭明文选》,都单列出了"乐府"一门。

　　从后来的文体分类上讲,所谓乐府诗,是包括后世作家的仿作在内的。利用乐府旧题写作乐府诗,是从汉末建安时代开始的。那时,以曹操、曹丕、曹植父子为代表,出现了一批作家写作乐府诗。其中又以曹操首开风气,如他的《步出夏门行》(包括《观沧海》、《龟虽寿》两首名篇)、《短歌行》就是这样的作品。后来到两晋、南北朝时期,也有许多文人写作乐府诗。直到唐人,用乐府体写诗还一直很盛行。唐代大诗人李白、杜甫、高适、张籍等人,都写有许多乐府诗的名篇。只不过他们都是借用乐府古题,表达出自己时代的新意。中唐以后,又出现了一种"新乐府",它的倡导和创作者是元稹、白居易。这些作品虽然称为乐府,实际上是不入乐的,就连乐府古题也取消不用了。所以称它们为乐府,只不过是指它们在创作方法和表现手法上,对汉乐府有所继承和模仿罢了。

　　两汉的乐府诗,大部分收录在南朝沈约所著的《宋书·乐志》中。据前人考订,现存的汉乐府诗总数不过三四十首。宋代人郭茂倩编的《乐府诗集》，共一百卷，是一部唐五代以前的乐府诗总集。它收集的作品十分完备，分类也大体得当，因而影响很大。

由于汉乐府诗的作者多为劳动人民，因此，在创作上，他们不仅不受题材的限制，而且也不受形式的束缚。

汉乐府诗在形式上有什么特点呢？

第一，汉乐府诗与基本上是.四言体的《诗经》不同，从句式上说，三言、四言、五言、七言都有，完整的五言体已不少见，但一般是杂言，如《有所思》：

"有所思，乃在大海南。何用问遗君？双珠玳瑁簪，用玉绍绕之。闻君有他心，拉杂摧烧之；摧烧之，当风扬其灰。从今以往，勿复相思！相思与君绝，鸡鸣狗吠，兄嫂当知之。秋风肃肃晨风飔，东方须臾高知之。"一首诗中，三言、四言、五言乃至七言，真是能有的都有了。

乐府诗的这种杂言体，一般以五字句为主，而中间掺杂有长短不同的各种句式。正由于五言句、七言句的反复出现，这两种句式在节奏和表现力上所具有的特点，便逐渐被文坛上的文人所发现，而成为后世五、七言体诗赖以产生的土壤。

汉乐府中整齐的七言诗不多见。但整齐的五言诗却是不少的，如《陌上桑》、《焦仲卿妻》等著名的长篇，都属全篇五言。另外还有一些小诗，如《江南》等。这些五言诗大约多产生在东汉时期。当时文坛上的四言古体诗陈陈相因，已经落后于社会生活和语言发展的要求，而影响深远的五言体还未被文人作者所发现和掌握。但从这些民间乐府歌辞来看，五言体不仅已有相当数量，而且抒情写景也相当成熟，它对于文坛上五言诗的兴起起着源泉作用。

第二，汉乐府诗原来都是入乐的歌辞，因此就往往形成重声不重辞的情况。乐工们在取辞配乐的时候，为了方便，有时就把一些不同篇章的歌辞，或随意拼凑在一起，或加以分割、截取，甚至互相插入。如《陇西行》，这是一首描写并赞美"健妇"的诗，但诗的开头"凤凰鸣啾啾"以上的四句，与下文在文义上互不关联。这四句是写游仙经历的。原来它正是从另一首诗《步出夏门行》中割取来的。《陇西行》的起头，就是《步出夏门行》的结尾。这种拼凑还有几例，如果不了解，就会造成后人理解这些歌辞的困难。

第三，有的乐府曲调除了正曲本身以外，还有所谓"艳"、"趋"、"乱"等部分。"艳"在正曲的前边，"趋"或"乱"在正曲的后边，如《妇病行》。有些乐府诗里还有一些无关文义、大同小异的词语，如"今日乐相乐，延年万岁期"，"吾欲竟此曲，此曲愁人肠"之类，是属于乐师随意凑合上去的套语，与正文意义是不相连的。

第四，古乐府命题多用歌、行、曲、引、吟、谣等来作为篇名。这是不同的名称，是与当时的乐调有密切关系的。

总之，形式是为内容服务的，汉乐府的体例特点，取决于它"感于哀乐，缘事而发"的目的和内容，以及汉代的社会生活状况，也正因此，汉乐府才成为汉代诗歌中成就最高的作品。